s.mo verlag

Korrektorat: Silke Kranz

Gestaltung Buchumschlag: Stephan Moll

Foto Titelseite: Felix Keilen

ISBN: 978-3-947470-39-6

Bibliographische Information der Deutschen Bibliothek:

Die Deutsche Bibliothek verzeichnet diese Publikation in der Deutschen Nationalbibliographie; detaillierte bibliographische Daten sind im Internet über http://dnb.ddb.de abrufbar.

Für mein Liebchen Eva-Maria Helene

Auf einer Parkbank im Palastgarten Trier.

Er atmete tief und schwer. Seine Schuhe waren durchgelaufen. Mit klebrigen, verschwitzten Fingern zog er aus seiner linken Manteltasche ein zerknülltes Taschentuch heraus. Der Mantel hatte, genau wie das Taschentuch, schon bessere Zeiten erlebt.

Der Mann schnäuzte in sein Taschentuch. Es war ein seidenes, mit der Zeit fadenscheinig gewordenes Tuch. Eine Tante hatte es ihm damals zur Kommunion geschenkt. Seitdem trug er es immer bei sich.

Ihm wurde jetzt langsam kalt. Es war schon stockdunkel. Die Zeitungen, die er sich zum

Zudecken mitgebracht hatte, wurden schon langsam feucht. Er wollte gerade auf der Bank, auf der es saß, sein Nachtlager herrichten, als er plötzlich Schritte hinter sich hörte. Als er sich umdrehen wollte, war es schon zu spät.

Ein dumpfer Schlag traf seinen Kopf und er verlor sich in einer tiefen Schwärze.

Stunden später …

Hauptkommissar Freddy von Greifenklau, ein kräftiger, untersetzter, etwas rundlicher Beamter, sonst eher zu Späßen aufgelegt, stand mit ernster Miene vor dem Opfer im Palastgarten, das mit einem Abfalleimer erschlagen worden war. Das Absonderliche jedoch war: Dem Opfer war Müll aus der Tonne in Mund und Rachen gestopft worden.

Freddy, der eigentlich Ferdinand hieß, Ferdinand von Greifenklau, und Spross einer alten adligen Familie war, schüttelte angewidert den Kopf: „Das ist jetzt schon das zweite Opfer in diesem Monat, das auf diese Weise umgebracht wurde.“

Und jedes Mal wurde dem Opfer von seinem Mörder ein Brief mit demselben Inhalt in eine Mantel- oder Jackentasche gesteckt:

DU SCHEISS PENNER – HÄNGST UNNÜTZ IN DER GEGEND RUM, STATT ZU ARBEITEN. UND JETZT GREIFST DU AUCH NOCH HARTZ VIER AB, DAS VON UNSEREN STEUERN BEZAHLT WIRD. DU

BIST ZU NICHTS NÜTZE – FRISS DIES UND DANN SCHLAF FÜR IMMER.

„Vielleicht sollten wir die Mülltonnen abschaffen!“, meinte der frischgebackene junge Kommissar Felix Sonnenschein.

„Mir ist nicht zum Scherzen zumute, mein lieber Felix, wir müssen jetzt schleunigst Gas geben und etwas unternehmen. Ab sofort werden zivile Beamte den Palastgarten Tag und Nacht bewachen und beobachten. Und ...“

„Herr Hauptkommissar!“ Ein Kollege der beiden, Oberkommissar Alfonso Sobrano, kam aufgeregt auf sie zu und wedelte mit einem Zettel in der Hand, den er Freddy hinhielt. Bei dem Toten war eine zweite Botschaft gefunden worden. Freddy nahm den Zettel entgegen und las:

JETZT WIRD ES ERNST!

300.000 € IN EINEN RUCKSACK PACKEN. 50-€-SCHEINE. DEN RUCKSACK MORGEN UM PUNKT 20.00 UHR AN FOLGENDEM PLATZ HINTERLEGEN:

IM PALASTGARTEN HINTER DER STATUE DER KAISERIN HELENA VOR

DEM KUFÜRSTLICHEN PALAIS. – DANACH IST DER SPUK VORBEI. ANSONSTEN PASSIERT BALD NOCH SCHLIMMERES!!!

„Felix, bereite alles vor für morgen, wir dürfen keinen Fehler machen. Wir treffen uns heute um 17.00 Uhr zur Besprechung in meinem Dienstzimmer. Ich muss gleich zum Kriminaldirektor, der hat mich geladen“, sagte Freddy.

„Geht klar, Chef.“

Freddy klopfte an die Tür von Kriminaldirektor Oswald Helfenstein.

„Herein!“, ertönte eine heisere Fistelstimme.

Hinter dem Schreibtisch kauerte der kleine, dicke, etwas schusselige Direktor mit Nickelbrille und Hasenscharte. Er schaute kaum auf, als Freddy eintrat. Eigentlich war er schon in Rente, aber er war um jeden Tag dankbar, den er hier noch verbringen durfte. Was sollte er die ganze Zeit zu Hause? Denn mit seiner Frau war nicht immer gut Kirschen essen. Frau Elisabeth Helfenstein, eine geborene von Kieselstreb, 15 Jahre jünger als er, war nicht zimperlich und hatte immer neue Ideen, die ihren Mann manchmal schier in den Wahnsinn treiben konnten.

Alle zwei Jahre musste er mit ihr zu einem großen Treff der Adelsfamilien, wie es in diesem Jahr auch wieder anstand.

Hier trafen sie dann auch die von Greifenklaus, besser gesagt, Herrn Ferdinand von Greifenklau mit seiner Verlobten Josefine.

„Setzen Sie sich, Herr Greifenklau."

„Von!"

„Wie bitte?"

„Von Greifenklau, soviel Zeit muss sein."

„Schon gut, schon gut, Herr von Greifenstein, nehmen Sie Platz."

„Danke, Herr Hefenteig."

„Bitte?“

„Danke! Ich sitze.“

„Gut.“

„Wo waren wir stehen geblieben, Freddy? Ich darf doch Freddy zu Ihnen sagen?“

„Wir waren nirgends stehen geblieben, weil wir noch gar nicht angefangen haben“, antwortete Freddy.

„Also, hören Sie mir gut zu, Freddy. Das mit den Morden muss aufhören! Der Polizeipräsident steigt mir schon auf den Kopf. Ich will Ergebnisse sehen, reißen Sie sich zusammen. Sie sind mein bester Mann. Und jetzt an die Arbeit. Zack, zack!“

Gelangweilt ließ Freddy die Tirade des Kriminaldirektors über sich ergehen. Nachdem der Kriminaldirektor zum Ende gekommen war, fragte er: „War’s das?“

„Das war’s. Und nun hinaus! Hinaus! Und ich erwarte gute und schnelle Ergebnisse.“

Freddy verließ murmelnd das Büro: „Und was, bitte sehr, war das jetzt?“

Auf dem Rückweg zu seinem Büro begegnete ihm humpelnd und auf Krücken Polizeikommissar Jürgen Bonert.

„Was ist denn mit dir passiert, Junge?“

Bonert berichtete von einem illegalen Autorennen in der vergangenen Nacht in Trier. Er selbst war bei der Verfolgung eines der Raser mit seinem Polizeimotorrad aus der Kurve geflogen und hatte sich flachgelegt. Die Raser waren leider entkommen.

„Einen von denen habe ich jedoch erkannt und würde ihn auch wiedererkennen.“

Freddy ging weiter zu seinem Büro, wo er auf Felix traf. „Hör zu, Felix, du nimmst dir jetzt ein paar Männer und verhörst sämtliche Obdachlosen an den uns bekannten Treffpunkten. Vielleicht wissen die etwas zu den Vorfällen im Palastgarten zu sagen.“

Am Nachmittag desselben Tages, Punkt 17.00 Uhr im Dienstzimmer von Hauptkommissar und Morddezernatsleiter Ferdinand von Greifenklau.

Alle waren versammelt: Kommissar Sonnenschein, Oberkommissar Alfonso Sobrano, die Kommissarinnen Helga Schwiers und Lotte Meier, Polizeisekretär Friedrich Rock und die Polizeihauptmeister Karl-Heinz Weber und Martin Wagner.

„Dann legen wir mal los“, sagte Freddy. „Sind alle da?“ „Unser Stift fehlt noch. Rudi, der Azubi.“ „Dem werde ich auch noch Pünktlichkeit beibringen“, erwiderte Freddy.

Da wurde plötzlich die Türe aufgerissen und eine lange Dürre stürzte herein.

„Wer hat zuletzt den Kaffeeautomaten bedient?“, fragte sie leicht hysterisch.

„Ihnen auch einen schönen guten Morgen, Frau Doktor. Gut geschlafen? Wie wäre es denn mal mit anklopfen“, sagte Freddy.

„Anklopfen, damit ich euch womöglich noch aufwecke?“, kam es schnippisch zurück.

Freddy: „Das haben Sie hiermit getan. Was ist mit dem Kaffeeautomaten?“ „Der funktioniert nicht mehr.“

„Und jetzt denken Sie, dafür wäre einer von uns verantwortlich. Wahrscheinlich haben Sie ihn wieder falsch bedient; Frauen verstehen halt nichts von Technik.“

Von hinten hörte man die leise Stimme von Oberkommissar Alfonso: „Und eine lange Dürre wird über uns kommen.“

„Wie bitte?“ Frau Doktor drehte sich blitzschnell um, um zu sehen, von wem das Geraunte kam. Alfonso pfiff vor sich hin.

Da kam auch Rudi, der Auszubildende, angeschlendert, den sein Chef sofort zum Technischen Dienst schickte, damit sich umgehend jemand um den defekten Kaffeeautomaten kümmere. Bei der nun anstehenden Besprechung würde schließlich einiges an Kaffee gebraucht werden. Und Rudi verschwand auch gleich wieder, ein fröhliches Lied auf den Lippen.

Frau Doktor Dorothee Hasenfuß – ja, so hieß sie wirklich – nahm auf einem der Stühle Platz. Sie war die leitende Pathologin der Gerichtsmedizin. Eine sehr schlanke, wenn nicht dürre Frau mit langen braunen Haaren und einer schwarzen Hornbrille. Immer adrett gekleidet.

Freddy ergriff wieder das Wort: „Was habt ihr bis jetzt alles unternommen?"

Felix erhob sich und erstattete Bericht.

„Im Palastgarten haben wir ab jetzt ständig vier Beamte in Zivil im Einsatz. Sie werden alle zwei Stunden ausgetauscht. Morgen um 19.00 Uhr befinden sich folgende Personen unauffällig im Palastgarten: Wagner und Weber gehen als Pärchen mit Helga und Lotte."

„Hahaha, Polizeihauptmeister Weber und Lotte“, lachte Rudi, der gerade wieder in das Büro gekommen war.

„Was gibt’s denn da zu lachen?“, empörte sich Weber.

Dazu muss gesagt werden, dass die beiden schon ein sehr ungleiches Paar abgegeben hätten. Weber, ein kräftiger, großer, leicht dicklicher Mann und Lotte, eine kleine, zierliche, zerbrechlich wirkende Person. „Helga und ich werden zusammen gehen, wir sind ein eingespieltes Team“, sagte Weber. „Die küsst wohl besser“, warf Rudi vorlaut ein.

„Jetzt reicht es, Rudi, bitte keine weiteren Unterbrechungen und dummen Bemerkungen mehr“, mahnte Felix und fuhr mit seinen Ausführungen fort:

„Oberkommissar Alfonso geht mit Friedrich Rock und der Chef und ich gehen zusammen. Ein Pärchen sitzt eng umschlungen auf einer in der Nähe gelegenen Bank. Das andere Pärchen hält sich auch in der Nähe der Statue auf. Der Chef und ich stehen an dem Ausgang zum Basilikavorplatz. Und die Oberkommissare Alfonso und Rock in der Nähe vom Café am Landesmuseum.

Zivile Streifenwagen befinden sich in der Nordallee, in der Weberbach und in der Kaiserstraße. Um Punkt 20.00 Uhr stellt ein weiterer Beamter den Rucksack an die Statue und verschwindet. Wir sind natürlich alle miteinander verkabelt. Ihr könnt kugelsichere Westen tragen, ist aber keine Pflicht. Wir verfolgen die Person, die den Rucksack abholt, unauffällig und schauen, wo sie hingeht. Weiteres ergibt sich. Wir dürfen keine Fehler machen. Alles klar? Noch irgendwelche Fragen?“

Nachdem keiner der Kollegen noch etwas zu sagen hatte, löste Freddy die Versammlung auf und läutete den Feierabend ein.

Tags drauf um 19.30 Uhr saß ein Beamtenpaar schon auf der Bank in der Nähe der Statue der Helena und knutschte ausgiebig miteinander.

„Sag mal, ist der Weber nicht verheiratet?“, fragte Martin seine Kollegin Lotte. „War; er lebt in Trennung“, antwortete Lotte. „Wegen Helga?“ „Quatsch, nee, das hat schon lange nicht mehr mit ihm und seiner Frau geklappt.“

Um 19.50 Uhr betrat ein Beamter mit einem

Rucksack den Palastgarten. Er ging zu der besagten Statue der Kaiserin Helena und legte den Rucksack ab. Dann zog er sich wieder zurück.

Die Statuen im Palastgarten sind alles Replika. Die Originale stehen im städtischen Museum von Trier. Im Gegensatz zur Igeler Säule, einem römischen Denkmal im kleinen Ort Igel an der Mosel. Hier steht das Original an seinem Ursprungsort und im Landesmuseum von Trier steht die Replik. Die Nachbildung der Säule hat der Künstler Nikolaus Schawel modelliert. Nikolaus Schawel war der Urgroßvater des in der Region lebenden Spielmanns Jan Rolph von Heidweiler.

Punkt 20.00 Uhr bewegte sich eine Gestalt von

der Straße Weberbach kommend in Richtung Palastgarten. Ein kleiner, drahtiger, rothaariger junger Mann, so um die 30 Jahre alt, näherte sich der Statue. Seine Kleidung war nicht die beste. Er setzte sich auf eine Bank, drehte sich eine Zigarette und warf sie achtlos ins Gras, nachdem er zwei Mal daran gezogen hatte. Nach einigen argwöhnischen Blicken in die Umgebung ging er zur Statue und packte sich den Rucksack. Dann ging er zielstrebig in Richtung des seitlich vom Kurfürstlichen Palais gelegenen Spielplatzes.

Ein Pärchen beobachtete ihn und ging langsam und mit Abstand hinter ihm her.

Ein weiterer Mann in einem langen Mantel folgte ihnen. Alle anderen Zivilbeamten nahmen in gewissem Abstand ebenfalls die Verfolgung auf.

Der Rothaarige bewegte sich Richtung Gartenfeldstraße. Als er über den Zebrastreifen der Ostallee ging, bemerkte er, dass er verfolgt wurde.

Er beschleunigte seinen Schritt. Die Verfolger wurden ebenfalls schneller.

„Bleiben Sie stehen, Sie haben etwas verloren!“, ertönte eine Stimme hinter dem Verdächtigen.

Nun lief der Rothaarige los und gelangte an die Brücke in der Gartenfeldstraße.

Ein Güterzug fuhr gerade, aus Richtung Konz kommend, unter der Brücke hindurch.

„Halt, stehenbleiben!“, rief die Stimme hinter dem Flüchtenden jetzt energisch.

Der Rothaarige überlegte nicht lange. Er schwang sich auf das Brückengeländer, drehte sich noch einmal kurz um und sprang dann auf den Güterzug.

„Verdammter Mist!“, schrie Felix, der mit Freddy jetzt auch die Brücke erreicht hatte. Damit hatte niemand gerechnet. Langsam glitt der Zug dahin und mit ihm der Verdächtige.

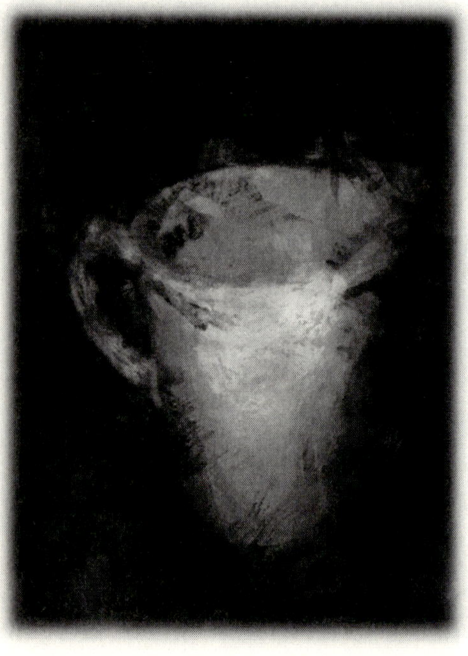

Der Mann im langen Mantel ging unbeirrt weiter über die Brücke und betrat eine Gaststätte.

Er stellte sich an die Theke und bestellte sich eine Porz Viez.

Viez ist das Nationalgetränk von Trier. Es handelt sich dabei um einen regionaltypischen Apfelwein, der in der ganzen Region günstig zu haben ist. Ein Erfrischungsgetränk, das in Trier und Umgebung sehr beliebt ist. Und Viez wird traditionell aus einem speziellen Viezkrug getrunken, der Porz.

Freddy flippte aus. „Wie konnte denn so etwas passieren?“

„So leicht kommt der mir nicht davon!“, rief Felix, machte einen Satz auf das Brückengeländer und sprang ebenfalls auf den Zug. Er hatte Glück, denn gerade rollte der letzte Wagen unter der Brücke hindurch. Leider war es ein Kohlewagen.

Felix war gut trainiert und fit und konnte sich ein solch gewagtes Manöver erlauben. Seit mehreren Jahren trainierte er Judo, Karate und Kickboxen, in seiner Jugend in verschiedenen Städten, jetzt im Polizeisportverein Trier.

Der Güterzug fuhr gemächlich weiter in Richtung Koblenz. Am Fuße des Allenbergs, kurz hinter einer markanten Brücke aus Betonbögen, von den Anwohnern kurz „Betongsbrück“ genannt, sprang der rote Teufel ab. Felix setzte hinterher.

Der Rote lief den steil ansteigenden Gruberweg hinauf und verschwand dann in den Büschen. Felix hastete ihm hinterher.

Es ging durch Gebüsch und über Felsen, immer weiter hinauf.

Keuchend verfolgte Felix den Mann.

Langsam wurde es dunkel. Plötzlich stand Felix vor einem Zaun. Er kletterte darüber und ging langsam weiter. Da hörte er ein Knurren hinter sich. Blitzschnell drehte er sich um. Zwei funkelnde Augen starrten ihm entgegen, knurrend und angriffslustig näherte sich ein großer Hund. Geistesgegenwärtig trat er dem Hund mit dem Fuß von unten gerade unter die Schnauze. Das wirkt, wenn ein Hund eine lange Schnauze hat. Und dieser hier hatte eine sehr lange Schnauze. Wahrscheinlich ein Dobermann. Das war in der sich nun verdichtenden Dämmerung aber nicht so genau zu erkennen.

Der Hund wusste nicht, woher der plötzliche Schlag kam. Er war total verwirrt. Diese kurze Schrecksekunde kam Felix zur Hilfe. Schnell drehte er sich und kletterte zurück über den Zaun. Der Hund stand immer noch wie angewurzelt an einer Stelle.

Felix nahm die Verfolgung des Rothaarigen, der mittlerweile einen beträchtlichen Vorsprung hatte, wieder auf.

Endlich kam er oben auf der großen Wiese auf dem Plateau des Allenbergs an. Quer über die Wiese führte ein Feldweg hin zu der technischen Erprobungsstelle der Bundeswehr. Hier kannte Felix sich aus. Hier waren sie als Kinder oft zum Spielen gewesen. Doch früh hatte es ihn von Trier weggeführt. Sein Vater war Offizier bei der Bundeswehr gewesen, und so mussten sie viel umziehen.

Er lief den Weg über die Wiese entlang bis hin zu den Weinbergen, die auf dieser Seite die Hänge des Avelsbacher Tales bedeckten.

Felix lief weiter durch die Weinberge und zu einem Wäldchen, in dem die französischen Soldaten früher Schießübungen machten. Hier hatten sie als Kinder unter anderem auch immer leere Patronenhülsen gefunden und auf einem Esbit-Kocher Dosenravioli gewärmt. Ach ja, Abenteuer und Freiheit!

Ganz oben am Bergrand bewegte sich jetzt etwas. Das musste der Rote sein.

Felix' Handy klingelte.

Freddy meldete sich: „Mann, wo bist du, Felix?“

„Ich bin ihm dicht auf den Fersen. Er rennt Richtung Weinberge, E-Stelle oder zum Avelsbacher Tal.“ „Mach keine Alleingänge, Felix.“ Dieser bat seinen Chef: „Kannst du im Avelsbacher Tal, auf dem Parkplatz bei der Zufahrt zu Erprobungsstelle, schon mal einen Mannschaftswagen postieren? Ich melde mich später, aber nur noch per SMS. Und das solltest du auch tun. Bis später dann.“ Er legte auf.

Felix ging weiter. Der Rote hatte ihn wohl noch nicht bemerkt. In der nun herrschenden Dunkelheit waren nicht nur die Wege schlecht zu erkennen.

„Wo mag er hingehen?“, überlegte Felix. Da fiel ihm Thiel's Türmchen ein, bei den Kindern auch nur „Domäne“ genannt. Obwohl es nicht die Domäne Avelsbach war. Diese lag weiter unten im Tal. Thiel's Türmchen ähnelt einer kleinen Burg. Sie heißt auch Thiel's Burg und wurde 1910 als Denkmal errichtet.

Felix erinnerte sich, dass er als Kind mit Freunden hier oft Verstecken gespielt hatte, und vermutete, dass der Flüchtende ebenso die kleine Burg als Versteck nutzen könnte.

Langsam, jedes Geräusch vermeidend, schlich Felix sich näher.

Nun war er an dem Turm angekommen. Er verhielt sich mucksmäuschenstill.

Alles war ruhig …

Doch jetzt hörte er Geräusche. Er schickte eine SMS an Freddy und beschrieb, wo er sich befand. Die Kollegen sollten sich beeilen.

Felix hatte das Warten satt. Er wollte es auf eigene Faust versuchen. Er zog seine Waffe aus dem Halfter und sagte laut und deutlich: „Kommen Sie mit erhobenen Händen heraus, hier ist die Polizei, Sie sind umstellt und jeder Widerstand ist zwecklos.“

Felix betrat die kleine Burg durch den offen stehenden Eingang. Sein Handy benutzte er als Taschenlampe. Da kauerte er, der rote Fuchs, in der Ecke und stammelte: „... wie, Polizei?“

„So, und jetzt überreichst du mir schön den Rucksack mit den 300.000!“, sagte Felix.

„Hä?“, antwortete der Rote ganz verblüfft, „und das Ganze für 50 Mücken?“ Ganz unverhofft sprang er mit beiden Beinen auf, gab Felix einen Stoß und rannte an ihm vorbei. Felix taumelte zurück, doch bevor er sich wieder fangen konnte, hörte er schon von draußen:

„Halt, stehen bleiben!“ Die Kollegen waren angekommen.

Gott sei Dank! Gerade noch rechtzeitig.

Der Rote wurde kurzerhand überwältigt und in Handschellen abgeführt.

Im Streifenwagen saß Felix dem roten Teufel gegenüber und sagte:

„Was bringt einen Menschen dazu, wehrlose Obdachlose auf so eine Art totzuschlagen?“

Der Rote sprang auf, wurde aber von einem Beamten wieder auf den Sitz gedrückt.

„Ihr haltet mich doch nicht im Ernst für den Palastgarten-Mörder? Seid ihr von Sinnen?

Ich hatte den Auftrag, einen Rucksack im Palastgarten abzuholen und ihn in eine Gaststätte zu bringen. Dafür wurden mir 50 € versprochen. 20 € habe ich schon vorab bekommen.“

„Das kannst du deiner Großmutter erzählen. Alles andere wird dir mein Chef näherbringen.“

„Wo kamen Sie eigentlich plötzlich her, wie aus dem Nichts, Herr Kommissar?“

„Ich bin Ihnen auf den Güterzug nachgesprungen, weiter nichts.“

Über sein Handy informierte Felix seinen Chef über die geglückte Verhaftung und dass der

Mann jetzt ins Polizeipräsidium gebracht werden würde.

„Was ist mit den Wachen im Palastgarten?", fragte er noch. „Die bleiben weiterhin dort!", antwortete Freddy und legte auf.

Der Rote wurde in Gewahrsam genommen und in eine Zelle gesperrt. Für heute war Feierabend.

Am darauffolgenden Tag saßen sich der Rote, der übrigens in seinen Kreisen, wie sich herausgestellt hatte, auch Kalle Wirsch, das Rote Wiesel, genannt wurde, Kommissar Felix Sonnenschein und Hauptkommissar Ferdinand von Greifenklau im Verhörraum gegenüber.

„Dann legen Sie mal los, Herr Raimund Wirsch …", so war sein richtiger Name, „erzählen Sie uns Ihre Geschichte", begann Hauptkommissar von Greifenklau die Vernehmung.

„Wie Sie vielleicht wissen, bin ich obdachlos und lebe von der Hand in den Mund. Gelegentlich mache ich auch Straßenmusik. Und ich habe viel Durst. Das heißt, ich bin sozusagen meistens blank. Da kamen mir die 50 Mäuse gerade recht."

Und so begann der Rote zu erzählen, wie er die beiden Tatverdächtigen kennen gelernt hatte.

Er traf die zwei jungen Burschen, die er auf Mitte bis Ende 30 schätzte, hier und da in der Kneipe in der Gartenfeldstraße, und sie hatten ihn des Öfteren ausgehalten. Irgendwann kamen sie dann ins Gespräch, wobei sie ihm erzählt hatten, sie seien Studenten. Die jungen Burschen erzählten ihm auch von einem Bekannten, der ihnen Material beschaffen könne, das sie dringend für ihr Studium bräuchten. Sie wollten aber nicht persönlich mit dem Überbringer gesehen werden. Deshalb sollte Kalle den Rucksack im Palastgarten abholen und ihn in die Gaststätte bringen. Dann war ihm ja leider die Polizei in die Quere gekommen. „Und ich wusste ja gar nicht, wer ihr seid. Ihr habt euch nicht als Polizisten zu erkennen gegeben. Ich war total in Panik. Daher auch meine Flucht auf den Güterzug, der gerade im richtigen Moment kam. Dass mir allerdings da jemand hinterherspringt, damit habe ich weiß Gott nicht gerechnet!“, sagte der Rote, immer noch beeindruckt, „und ich habe ihn ja auch erst bemerkt, als er hinter mir den Berg heraufkam. Alle Achtung, Sie können stolz sein, einen so guten Kommissar zu haben, Herr Hauptkommissar von Greifenklau."

„Keine Bauchpinseleien. Bleiben Sie bei der Sache, Wirsch", sagte Freddy.

„Das war's doch schon. Ich wollte den Burschen in der Kneipe den Rucksack übergeben und meine vereinbarten restlichen 30 € kassieren. Wir waren da für 20.30 Uhr verabredet", erzählte der Rote.

„Haben die Burschen auch einen Namen, wie sahen sie aus? Wie waren die Kerle gekleidet? Lassen Sie sich doch nicht alles aus der Nase ziehen."

Kalle Wirsch beschrieb die beiden als zwei stattliche, hochgewachsene junge Burschen mit Vollbart. Beide hätten sie leicht getönte Brillen getragen, und hätten hochdeutsch gesprochen.

Sie seien normal gekleidet gewesen, eher etwas besser. Sie könnten aus guten Hause stammen, war sein Eindruck. Einer der beiden hatte leicht gelispelt, aber nur ganz wenig. Der eine, der etwas kleinere, hieße Bernhard und der andere Franz-Josef.

Raimund Wirsch, der Rote, schlug den Kommissaren vor, ein Phantombild anfertigen zu lassen. Er selbst könne auch versuchen, sie zu zeichnen. Er sei gut darin, denn er habe vor langer Zeit mal ein Graphikstudium angefangen. Nur an das genaue Jahr könne er sich nicht mehr erinnern.

Mit diesem Vorschlag rannte er bei den Polizisten offene Türen ein. Mit Hilfe eines Polizeizeichners wurde nach den Angaben des Roten ein Phantombild der Verdächtigen angefertigt.

„Sie bleiben weiterhin in Untersuchungshaft, Herr Wirsch. Die Geschichte können Sie sich auch fein ausgedacht haben. Wenn wir da nicht weiterkommen, sieht es für Sie auch nicht so gut aus. Wir werden sehen."

Mit diesen Worten verließen Felix und sein Chef das Büro und gingen in die Gaststätte in der Gartenfeldstraße, um die Angaben des Roten zu überprüfen und um das Phantombild der Verdächtigen bei den Gästen der Kneipe herumzuzeigen. Vielleicht konnte einer der Gäste ihnen etwas zu den beiden sagen.

Die Kommissare Freddy und Felix betraten die Gaststätte im Gartenfeld und stellten sich an den Tresen.

„Die Herren wünschen?", fragte der Wirt.

„Ich trink einen alkoholfreien Radler“, bestellte Freddy. „Und ich nehme ein Wasser“, meinte Felix.

„Leitungswasser?“, fragte der Wirt.

„Um Gottes Willen, nein! Wasser mit Geschmack meine ich.“

„Also Sie meinen Sprudel oder Limonade?“

„Ja, so etwas in der Richtung.“

Freddy und Felix nippten an ihren Gläsern. Freddy kannte die Kneipe. Sie war um diese Uhrzeit noch nicht so voll, aber am Abend brummte hier das Geschäft.

„Eddy, bring mer noch en Porz Viez“, schrie ein Gast über den Tresen, „un en Trester doabei.“

„Was will der?“, fragte Felix seinen Chef.

„Viez, so nennt man den hiesigen Apfelwein, und Trester ist ein Schnaps, entweder aus Traubentreber oder aus Biertreber gebrannt“, erklärte Freddy. „Aber du bist doch hier geboren und du weißt das nicht?“ „Meine Familie ist wieder von hier fortgezogen, da war ich sieben. Ich hab nicht besonders viel Erinnerung an die Sprache und ihre Besonderheiten“, sagte Felix.

Am Fenster in der Nische saßen vier Männer, die Karten spielten.

Mehrere Frauen und Männer standen an der Theke.

Felix zog das Phantombild aus der Innentasche seiner Jacke.

„Sagen Sie mal, kennen Sie diese Männer?“, fragte er den Wirt.

„Seid ihr von der Polizei?“, fragte der vorsichtig zurück.

Felix bestätigte dies und zeigte seinen Ausweis vor.

Nachdem er das Phantombild ausgiebig betrachtet hatte, bekannte der Wirt, die beiden Verdächtigen zu kennen. Sie seien des Öfteren in seinem Lokal gewesen. Zuletzt seien sie am Vortag da gewesen. „Zuerst war nur der eine hier, der Kleinere, und später kam dann auch der andere dazu“, sagte der Wirt.

„Wann war das? Um wie viel Uhr etwa waren die zwei hier?“

„Ich schätze, so gegen halb neun.“

„Sie meinen 20.30 Uhr“, korrigierte Felix.

„Natürlich 20.30 Uhr. Ich mach die Kneipe doch erst um 12.00 Uhr auf. Vormittags lohnt das hier nicht.“

„Kennen Sie die beiden näher?“

„Nein, aber vielleicht Trina, meine Bedienung. Ich ruf sie mal eben.“

Eine junge Frau kam zu ihnen an die Theke und Felix fragte: „Sie sind Trina? Kennen Sie diese Männer?“ Er zeigte ihr das Bild.

„Natürlich!“, antwortete Trina. „Ich habe die zwei schon ein paar Mal bedient. Sind nette Typen und geben immer ein gutes Trinkgeld.“

„Was wissen Sie noch über die beiden zu sagen?“, fragte Freddy.

„Eigentlich nicht allzu viel. Wenn’s hier brummt, hab ich wenig Zeit, mich mit den Gästen zu unterhalten. Soviel ich weiß, sind das Studenten, aber nicht von hier, und der eine studiert ich glaube Jura und noch irgend so was. Mehr weiß ich auch nicht. Was ist denn mit denen?“

„Wir stellen hier die Fragen“, kam es barsch von Felix.

„Ist ja schon gut! Brauchen Sie mich noch?“

„Nein, danke, Sie können jetzt wieder zurück an Ihre Arbeit“, antwortete Felix.

„Sehr gnädig, der Herr.“ Mit diesen Worten verschwand die Bedienung hinter dem Tresen.

„Es geht auch etwas freundlicher, lieber Herr

Felix. Auch wenn du fit mit den Beinen bist, solltest du ebenso deinen Kopf gebrauchen. Mit Freundlichkeit bekommt man mehr aus den Menschen heraus. Nicht immer, aber immer öfter“, rügte Freddy seinen Begleiter.

„Sie haben Recht, Chef. Mich nervt die Sache nur ganz schön. Ich dachte, Trier wäre eine ruhige, gemütliche Stadt. Danach sieht es aber hier momentan nicht aus. Und was nun?“

„Wir müssen die beiden Männer suchen!“, antwortete sein Chef. „Doch nun gehen wir beide in das Café im Palastgarten und essen eine Kleinigkeit. Was hältst du davon?“

„Eine gute Idee, um nicht zu sagen, die beste für heute.“

„Sag mal, hier im Palastgarten tummeln sich aber auch die unterschiedlichsten Menschen. Und wie ich das so beobachte, kommt es mir vor, als ob hier auch mit Drogen gehandelt wird“, vermutete Felix.

„Da hast du Recht, aber das sind alles kleine Fische. Die vom Rauschgiftdezernat haben das soweit wie möglich im Griff. Vor kurzem noch sind hier einige ganz schön aufgeflogen“, antwortete Freddy.

Nach dem Essen kehrten die beiden zurück ins Präsidium.

„Der Kaffeeautomat funktioniert wieder, da habt ihr ja noch mal Glück gehabt“, sagte Frau Doktor und räkelte sich in einem der freien Stühle. „Habt ihr den Mörder gefasst? Ist er das, das rote Bürschchen? Sieht gar nicht so gewalttätig aus. Kann es sein, dass ich den schon mal hier in Trier in der Fußgängerzone gesehen hab. Der hat doch mit der Gitarre dort Musik gemacht. Der soll ein Mörder sein? Ach geh, im Leben nicht.“

„Es steht leider niemandem auf der Stirn geschrieben, ob er ein Mörder ist oder nicht. Wir sind erst am Anfang unserer Ermittlungen und es ist gar nicht so einfach, in der Sache weiterzukommen“, sagte Freddy und wandte sich seinen Kollegen zu. „ Doch für heute ist erst mal soweit Schluss. Für morgen hab ich einen Plan ausgearbeitet. Wir treffen uns um 8.00 Uhr in meinem Büro. Alle. Damit meine ich auch dich, Rudi.“

Am anderen Morgen.

Die Zeitungen standen voll: Mutmaßlicher Täter gefasst? Gibt es noch Mittäter?

Es wurde spekuliert, ohne dass überhaupt irgendetwas Genaues bekannt geworden war.

Alle saßen pünktlich in Freddy’s Büro, sogar Rudi.

Ehe die Besprechung überhaupt beginnen konnte, klopfte es heftig an die Tür. „Ein Mord, ein Mord, es ist wieder ein Mord passiert!“ Mit diesen Worten stürzte ein Kollege in das Zimmer. „Genau wie beim letzten Mal, dieselbe Vorgehensweise.“

„Aber der Palastgarten wird doch überwacht?“, wunderte sich Freddy.

„Im Rautenstrauch, es war im Rautenstrauch-Park. Und hier ist ein Brief. Der steckte, wie gehabt, in der Jackentasche des Opfers.“

Freddy bat seinen Kollegen Felix, den Brief zu öffnen und vorzulesen.

MEINE HERREN, DAS WAR WOHL GAR NICHTS!!!

LETZTER VERSUCH:

MORGEN UM PUNKT 20.00 UHR WERDET IHR EIN GUT VERSCHNÜRTES

PÄCKCHEN MIT 500.000 € – IN GEBRAUCHTEN, NICHT NUMMERIERTEN 50-€-SCHEINEN – AM MARKTKREUZ IN TRIER HINTERLEGEN UND EILIGST VERSCHWINDEN – KEINE WEITERE POLIZEI!

GEHT DIESMAL ETWAS SCHIEF, WIRD DIE RACHE GROSS SEIN.

Am nächsten Tag war alles akribisch vorbereitet.

Das Päckchen lag, gut verschnürt, mit dem geforderten Inhalt pünktlich um 20.00 Uhr am Marktkreuz.

Natürlich waren auch Polizisten anwesend, aber sie waren gut versteckt auf die umliegenden Häuser verteilt. Alle standen miteinander in

Funkkontakt. Außerdem wurde die ganze Aktion mittels Überwachungskameras gefilmt.

Bei allen waren die Nerven bis zum Zerreißen angespannt. Nach einigen Minuten näherte sich ein Rabe dem Paket. Er packte es, erhob sich damit in die Lüfte und flog durch die Sternstraße in Richtung Dom, um dann mit seiner Last hinter dem Gebäude zu verschwinden. Weg war er.

„Weg ist er, das gibt's doch nicht. Spinne ich?" Freddy flippte aus.

„Das war's, darauf waren wir absolut nicht vorbereitet."

„Sind Sie von allen guten Geistern verlassen, Herr von Schleifenklau, äh, Greifen..., äh, Freddy? Wie konnte denn so etwas passieren, was erzähl ich denn jetzt meiner Frau, äh, dem Polizeipräsidenten?“

Der Kriminaldirektor war außer sich. Aufgeregt stampfte er am nächsten Vormittag in seinem Büro auf und ab. Schweißperlen standen auf seiner Stirn.

„Die Ermittlungen laufen auf Hochtouren, Herr Direktor. Wir geben alle unser Bestes. Aber mit so einem Verlauf war absolut nicht zu rechnen“, sagte Freddy.

„Man muss auf alles gefasst sein, mein lieber Freddy, wenn wir früher so gearbeitet hätten, mein Gott ... was wäre aus uns geworden?“

„Ich seh’s ja, was aus Ihnen geworden ist“, meinte daraufhin Freddy.

„Was meinen Sie damit, Herr Hauptkommissar?“

„Alles bestens, Herr Direktor, doch nun lassen Sie mich weiterarbeiten“, erwiderte Freddy.

„Ja, gehen Sie nur, und nicht vergessen: Erfolge, Erfolge! Ich will Erfolge sehen!“

Freddy verließ das Büro.

Sein Magen knurrte, er hatte Hunger und so machte er sich auf den Weg in die Kantine.

Ernie, der Kantinenkoch, hatte wie immer einen Witz auf Lager: „Treffen sich ein Stein und ein Brett. ‚Hallo‘, sagt das Brett, ‚wer bist du denn?‘

‚Ich bin ein Stein‘, sagt der Stein. Da fängt das Brett an zu lachen und kriegt sich nicht mehr ein. ‚Warum lachst du so, Brett?‘

‚Wenn du Einstein bist, dann bin ich Brad Pitt‘, erwidert das Brett.“

An einem Tisch bei der Tür saßen die Kollegen Felix, Alfonso und Frau Doktor Hasenfuß. Bei denen schien der Witz gut anzukommen, denn sie brachen in lautes Gelächter aus.

Freddy griff sich ein Tablett und ließ sich etwas zu essen geben. Heute gab es Frikadellen mit Püree und Champignon-Soße. Das schmeckte recht gut. Das Essen in der Polizeikantine war im Allgemeinen sehr gut.

Und der dicke Koch hatte noch einen Witz parat. „Kennste den", sagte er zu Freddy: „Treffen sich zwei Freunde von früher. Fragt der eine: ‚Sag mal, wo arbeitet eigentlich deine Frau?' Sagt der andere: ‚Kennst du die Bäckerei gegenüber dem Puff?' ‚Na, klar", sagt der Erste. ‚Da gegenüber', kommt die Auskunft."

„Haha. Der ist wohl nicht so der Knaller", war Freddys Antwort.

Freddy holte sich noch einen alkoholfreien Radler zu seinem Essen und begab sich an den Tisch der Kollegen.

„Was für ein beschissener Tag heute. Und dann noch die dummen, überflüssigen Sprüche vom Direktor, der es nicht mal schafft, sich meinen Namen zu merken", fing der Kommissar am Tisch an sich auszulassen. „Der Kalle Wirsch ist zwar noch nicht ganz aus der Sache raus. Aber jetzt müssen wir unser Augenmerk verstärkt auf die zwei Burschen richten. Nach dem Essen nehmen Felix und ich uns noch mal die Obdachlosen vor. Sobrano und Rock sollen noch mal in die Kneipe im Gartenfeld gehen."

Gerade wollte Freddy sich erheben und sein Tablett wegbringen, als Rudi in den Speisesaal hineinschlitterte.

„Chef, ihr sollt alle in den Vorführraum kommen. Es gibt Interessantes auf dem Film zu sehen, der von der Aktion auf dem Hauptmarkt am Marktkreuz gedreht wurde."

Im Vorführraum wartete eine Überraschung auf die Kollegen.

„Eine Drohne, getarnt als Rabe! Ich fass es nicht! Auf diese Idee muss man erst mal kommen!", stöhnte Freddy.

Freddy und Felix verließen das Polizeipräsidium und gingen zu Fuß in die Kaiserstraße, beziehungsweise in den Grünstreifen zwischen Kaiserstraße und Südallee. Auf der Ecke befand sich die Praxis für Krankengymnastik Schaack-Kern. Früher war hier mal eine Gaststätte und sie hieß, vielleicht in Anlehnung an den Weberbach, der früher hier floss, „Bach".

Der Grünstreifen, eher eine Parkanlage, zwischen den beiden Straßen des Alleenrings, lag nicht weit vom Präsidium entfernt.

Die beiden Polizisten gingen die grüne Allee entlang und erreichten eine Gruppe von Bänken.

An solchen Plätzen traf man häufig ein paar der Obdachlosen der Stadt, auch leider gerne „Penner" genannt.

Freddy kannte den ein oder anderen von ihnen. Er war ja auch schon seit langem in Trier als Kommissar unterwegs.

Auf einer Bank saßen drei Männer und vor der Bank lümmelten vier weitere im Schneidersitz auf dem Boden, vor sich eine Palette Dosenbier. Auch von dieser Gruppe kannte Freddy einige.

„Hallo Jungs", begann Freddy das Gespräch, „bei diesem herrlichen, sommerlichen Wetter im Frühling lässt es sich ja hier gut aushalten."

„Was wollt ihr Bullen?“ fragte ein langer, dünner Kerl, der hagerste von den dreien auf der Bank. Das war Olaf, und er stammte ursprünglich aus Ostfriesland. Genauer gesagt, aus Oldersum. Das war ein kleines Dorf bei Emden. Seit fast vier Jahren war Olaf jetzt in Trier und machte hier, wie so viele andere, Platte.

„Platte machen“ hieß, sie übernachteten im Freien. Das funktionierte ja in der warmen Jahreszeit noch einigermaßen gut, aber im Winter sah das schon oft bitter aus. Es gab zwar Aufnahmestätten und Obdachlosenheime in Trier, aber da mochte nicht jeder so wirklich hin.

„Du kannst dir denken, weshalb wir hier sind. Schließlich sind schon drei aus eurer Mitte ermordet worden.“

„Das ist uns schon klar. Aber wir wissen nicht, wer so etwas gemacht haben könnte. Sag mal, Freddy, was hältst du davon, wenn du ’ne Runde schmeißt, wir sind total abgebrannt.“

Da meldete sich Spinnenbein, der hinter der Bank kauerte und der den beiden Kommissaren bislang nicht aufgefallen war.

„Die Bullen sollen abhauen, wir wollen nix von denen, das bringt nur Ärger." „Ach, halt die Klappe, Spinnenbein, Freddy ist in Ordnung." Das meinte auch Bernd.

Bernd war schon seit fünf Jahren in Trier und kannte den Hauptkommissar auch. Freddy war ja in Trier nicht nur im Morddezernat. Er hatte auch in anderen Abteilungen gearbeitet, und war jetzt seit zwei Jahren Dezernatsleiter bei der Mordkommission.

Freddy ließ sich nicht lumpen und drückte einem der Männer einen Geldschein in die Hand, woraufhin der sofort loszog und mit zwei

Paletten Bier, ein paar Päckchen mit irgendwas und 2 Brötchen zurückkam.

„Was sollen wir mit so viel Brot?“, schrie einer.

„Gib mir mal so ’n Ujuju aus dem Päckchen, sonst fällt mir gar nichts ein“, sagte ein Mann, der Locke genannt wurde. „Einen was?“, fragte Felix verdutzt.

„Das ist ein Magenbitter, so ein billiges Zeug“, erklärte Freddy ihm.

„Aber es hilft“, sagte Locke. „Das Zittern lässt nach und im Magen fühlt es sich auch wohler an.“

„Also“, begann Freddy. „Hier haben wir ein Phantombild von zwei Männern, die als mutmaßliche Täter gesucht werden. Erkennt einer von euch da jemanden auf dem Bild?“

„Ich glaub, ich hab die beiden schon mal gesehen, und zwar haben die sich mit Kalle Wirsch unterhalten, den habt ihr ja eingebuchtet, den armen Teufel. Also, der hat ja wohl überhaupt nichts damit zu tun. Kalle ist ein ganz Lieber, das sag ich euch. Aber die zwei Typen, die sind mir nicht geheuer. Ich weiß nicht, was die wollten“, antwortete Olaf.

„Prost!“, schrie plötzlich einer, den sie Willi nannten, schon etwas angeheitert dazwischen. „Lasst uns mit den Herren Kommissaren anstoßen. Das passiert ja auch nicht alle Tage, dass die Polizei mit unsereinem einen Umtrunk macht.“

Daraufhin nahmen sich Freddy und Felix auch eine Dose Bier und prosteten mit allen an. Von weitem näherte sich eine Gestalt mit merkwürdig hüpfendem Gang. Das war Schlangenede. Er saß immer mit seiner Schlange in der Fußgängerzone. Wie sich herausgestellt hatte, war es eine Gummischlange, die aber so echt aussah, dass die meisten Menschen darauf reinfielen. Die Schlange bewegte sich sogar. Täuschend echt, aber eben aus Gummi. Und damit verdiente Schlangenede oft recht gut. Heute machte er ein ziemlich mürrisches Gesicht. „Diese blöden Typen vom Ordnungsamt haben mich verjagt, gerade als es anfing, in meinem Körbchen zu klingeln. Und jetzt hat man sie auch noch nach Feierabend hier sitzen. Einen schönen guten Abend, die Herrschaften. Machen wir ein Gelage?“

„Komm, setz dich, Ede, diese beiden hier haben mit deinem Ordnungsamt nichts zu tun.

Die Stadt hat halt wieder neue Gesetze rausgegeben. Selbst Straßenmusikanten müssen jetzt eine Gebühr bezahlen, um überhaupt Musik machen zu dürfen. Bin mal gespannt, wann sie uns, die Ärmsten der Armen, beim Betteln abkassieren. Es ist wirklich nicht zu fassen. Immer auf die Kleinen. Das war im Mittelalter schon so, und da hat sich nichts verändert. Es ist zum Kotzen. Die sollen mal endlich die Großen abzocken“, ereiferte Willi sich empört.

Sie unterhielten sich rege und jeder hatte etwas dazu beizutragen. Es gesellten sich noch der Lange, Achmed, der Kurde und Jean, der Franzose zu ihnen. Sie hatten Bier, Wein und Schnaps dabei und wurden von den anderen mit großem Hallo begrüßt. Achmed und Jean waren Musikanten und seit zwei Monaten in der Stadt. Die Flaschen wurden herumgereicht und die Kommissare hielten auch nicht schlecht mit.

Wieder tauchte von weitem eine Gestalt auf, die zwar schwankend, aber doch zielstrebig auf die Gruppe zuhielt. Es war ein Riese, der von allen „Ursus“ genannt wurde.

„Oh Gott“, stöhnte Olaf, „wenn der nicht gut

drauf ist, kann der äußerst unangenehm werden.“

So war es dann auch. Ursus kam direkt aggressiv auf die Gruppe zu. Zielstrebig ging er auf Freddy zu und raunzte: „Verpisst euch, ihr Pfeifen.“

„Mal schön langsam“, sagte Freddy.

„Was?“ Mit einem wütenden Aufschrei stürzte sich Ursus im gleichen Moment auf Freddy, der ihm jedoch geschickt auswich und ihm mit der Linken gezielt auf die Kinnspitze schlug.

Ursus ging augenblicklich in die Knie und fiel dann, wie vom Blitz getroffen, um.

„Alle Achtung, alter Mann“, meinte Felix. „Ich glaub, wir zwei müssen mal in den Ring steigen.“

Benommen stand Ursus, der nicht wusste, wie ihm geschah, wieder auf.

Ja, Freddy war zwar schon 49, aber noch nicht vom alten Eisen. Er hatte sieben Jahre geboxt und war zweimal Rheinland-Meister gewesen.

Ursus setzte sich auf die Bank, trank einen guten Schluck aus einer Kornflasche und es dauerte nicht lange, dann war er auch schon eingenickt. Gut so!

Die zwei Phantombilder wurden noch mal herumgereicht. Da meinte Franky: „Ich kenn die zwei. Der eine ist ein Spaghettifresser!“ „So was darf man heute nicht mehr sagen“, meinte Bernd. „So was darf man überhaupt nicht sagen. Man darf auch nicht mehr Neger sagen. Sogar der Mohrenkopf oberhalb Trier wird jetzt umbenannt in Schwarzkopf“, flaxte Olaf, „aber wohl eher zu Ehren des bekannten Trierer Malers Jakob Schwarzkopf.“

„Sagt mal, weiß einer von euch, wo die Mutter Gottes auf der Mariensäule das Jesuskindchen hält? Links oder rechts?“

„Links?“ „Nä, nirgends, denn sie hält die Hände gefaltet.“ Alle lachen.

„Sag mal, Bernd, wie bist du eigentlich hier in Trier gelandet?“, wollte Freddy von diesem wissen. „Du bist ja auch schon seit ’ner ganzen Weile hier.“

„Genau gesagt seit fünf Jahren. Und ich muss sagen, hier gefällt es mir. Ich stamme ursprünglich aus Grafschaft bei Köln. Meine Eltern haben dort ein gutgehendes Lederfachgeschäft. Ich sollte mal den Laden übernehmen, aber darauf hatte ich keinen Bock. Schließlich haben sie mich dann doch überredet, eine Lehre als Einzelhandelskaufmann anzufangen. Nach einem Jahr hatte ich die Nase gestrichen voll. In einem Büro zu arbeiten, wo jeder gegen jeden arbeitet, ist die Hölle. Diese verlogene Gesellschaft kann ich nicht ertragen. Wie gesagt, ich habe die Lehre geschmissen. Meine Eltern haben mich rausgeworfen und gesagt, ich bräuchte erst wiederzukommen, wenn ich mich für eine weitere Lehre entscheiden würde."

Bernd dachte einen Moment lang nach.

„Darauf können sie lange warten. Ich hatte einiges Erspartes, packte meinen Rucksack und verschwand Richtung Süden. Unterwegs arbeitete ich, wo ich konnte. Habe in den Weinbergen in Frankreich gearbeitet. Hart, aber schön. Ich nahm die Route Freiburg, Avignon, Barcelona und war zuletzt in Lissabon. In Barcelona habe ich mir Kreide gekauft, um damit aufs Pflaster zu malen. Ich habe dann auf den Ramblas in Barcelona gemalt. Und ich war gar nicht mal so schlecht. Malen konnte ich schon immer recht gut. Aber auf Pflaster hatte ich bis dahin noch nicht gemalt. Das war jetzt Premiere für mich. Ich habe mir einige Postkarten mit Gemälden von namhaften Künstlern gekauft und versucht, diese auf Pflaster zu malen.

Hier hab ich auch den Musiker Rouven mit seinem Hund Astor kennengelernt.“

Bernd schwieg einen Moment.

„Der ist leider heute Abend hier nicht dabei. Er sang ‚Heute hier, morgen dort‘ und ich malte die Mona Lisa, die leider etwas schielte. Auf den Ramblas war die Hölle los. Ein Maler neben dem anderen und mit Musikern war es fast genauso. Um gut zu verdienen, war hier kein Platz mehr. Wir hatten die Idee, nach Lloret de Mar zu fahren, in den Tourismusort direkt am Meer. Als wir abends ankamen, war dort die Hölle los. Wir haben uns dumm und dämlich verdient. Mit vollen Geldbeuteln setzten wir uns nach getaner Arbeit auf eine Terrasse und ließen es uns gut gehen. Spanischer Wein, Scampi, Muscheln und alles, was das Herz begehrt. Wir haben es uns richtig gut gehen lassen. Aber wo sollten wir schlafen? Fast alle Zimmer waren belegt und die, die noch zu haben gewesen wären, waren zu teuer. Aber es war ja tolles Wetter und wir hatten unsere Schlafsäcke dabei. So legten wir uns, was nahe liegend war, an den Strand. Wir hatten noch eine Flasche Rotwein dabei. Einen Schlummertrunk sozusagen. Weit und breit war keine Menschenseele zu sehen. Die Sonne war schon längst hinter dem Horizont verschwunden. Wir waren alleine und schliefen schon bald tief und fest. Am anderen Morgen wurden wir von der Sonne und von zahlreichen Stimmen geweckt. Ich dachte, mich tritt ein Pferd! Wir lagen inmitten von unzähligen Urlaubern, die sich, manche nackt oder halbnackt, am Strand tummelten. Es stank nach Sonnenöl. Und es herrschte ein unvorstellbarer Lärm. Das war wie ein Horrortraum. Hingelegt hatten wir uns nach Sonnenuntergang alleine an den wunderschönen Strand, und jetzt das! Aber was war mit Astor, wieso hat der nicht angeschlagen, frug ich Rouven. Der schlägt nur bei Gefahr an und die gab es ja hier nicht, meinte dieser. Wir packten unsere Klamotten zusammen und gingen in das nächste Café. Hier frühstückten wir ausgiebig und machten uns dann wieder an unsere Arbeit. Es lief sehr gut, bis ein Polizist auftauchte und meinte, es wäre hier nur Straßenmalerei erlaubt, Musik hingegen nicht. Das war natürlich Mist. Wir entschlossen uns also, dass Rouven in Barcelona bleiben und ich weiter nach Lissabon trampen solle.

In Lissabon habe ich über längere Zeit oft in der Rua Augusta gesessen und ein riesengroßes Bild mit Kreide aufs Pflaster gemalt. Mein großes Problem war, dass ich den Wein so mag. Und nicht nur den Wein. Bier und Schnaps trank ich auch sehr gerne. Schnell war ich in den Fängen des Alkohols."

Bernd faltete seine Hände zusammen, und wartete wieder einen Moment und atmete tief ein.

„Ich war einige Jahre unterwegs und bin dann vor fünf Jahren hier gelandet. Anfangs hab ich hier noch Straßenmalerei gemacht, aber es wurde immer weniger. Ab und zu mal ich noch, ansonsten bettle ich. Vor einigen Wochen hab ich dann Rouven und Astor hier in Trier wiedergetroffen. Das war ein Wiedersehen, kann ich euch sagen. Vielleicht ziehen wir nochmal zusammen los. Aber der Alkohol ist ein Teufel, er lässt mich nicht los. Ich muss etwas unternehmen. Ja, so ist das, lieber Freddy. Und jetzt sitze ich hier mit einem Bullen, trinke mit ihm und erzähl ihm meine Lebensgeschichte. Nicht zu fassen. Aber ... ich muss sagen, du bist schon ziemlich in Ordnung."

„Danke, Bernd. Wenn du Probleme mit dem Alkohol hast und etwas dagegen tun willst, bin ich dir gerne behilflich. Ich habe da eine Adresse, die ich dir geben kann." „Mal sehen, wer weiß, aber jetzt trinken wir erst noch einen."

„Dann mal Prost", sagte Freddy und sie stießen mit ihren Dosen zusammen an.

„Was ist jetzt mit dem Bild?", fragte Felix Franky, „du kennst die beiden?"

„Ja, die waren auch schon mal hier und wollten uns irgendeine Arbeit andrehen. Ich weiß nicht mehr so genau, was sie von uns wollten. Aber ich weiß, dass sie sich mit einigen anderen immer in der Kneipe im Kleingärtnerverein Trier-Ost treffen.

Und wenn ich mich recht erinnere, haben sie gesagt, dass sie sich immer mittwochs um 14.30 Uhr in der Gaststätte beim Kleingärtnerverein treffen."

„Das ist ja morgen", sagte Felix.

„Hier, nimm mal einen Hieb", stieß ihn Franky an und reichte ihm eine Whiskyflasche.

Die Musikanten packten ihre Instrumente aus und machten ganz tolle Musik. Es wurde gelacht und zwei tanzten sogar im Takt zur Musik. Es entspann sich eine lustige kleine Feier. Irgendwann im Laufe des Abends ging auch der ein oder andere Joint herum.

Da hielt plötzlich ein Streifenwagen am Rand der Kaiserstraße an.

Noch bevor die Streifenpolizisten aussteigen konnten, war Freddy, schon leicht schwankend, bei den Kollegen angelangt.

„Wissen Sie, wie spät es ist, und was ist das für ein Gelage hier in der Allee?“, fragte einer der Polizisten.

„Ich bin’s, Freddy, Hauptkommissar Freddy ... wir sind dienstlich unterwegs, ihr wisst schon, wegen der Sache im Palastgarten.“ Etwas umständlich nestelte Freddy seinen Ausweis aus der Innentasche seiner Jacke und hielt ihn dem Kollegen unter die Nase.

„Deshalb sind wir hier. Stören Sie bitte nicht unsere Ermittlungen und geben Sie das bitte auch an Ihren Kollegen weiter. Haben Sie mich verstanden?“

„Jawohl, Herr Hauptkommissar“, antwortete der Polizeihauptwachtmeister, der noch ziemlich neu in Trier war und Freddy daher nicht kannte.

Nachdem der Streifenwagen weitergefahren

war, kehrte Freddy wieder zu der ausgelassenen Gesellschaft im Alleengrünstreifen zurück.

Mittlerweile war es schon nach Mitternacht.

„Wir müssen morgen noch in den Kaninchenvereinsgarten wegen ...“, nuschelte Felix seinem Chef zu. „Wohin?“, fragte Freddy. „Äh, Kleingartenvereinsdingenskneipe; Franky meinte, die Typen von dem Phantombild erkannt zu haben und die treffen sich immer mittwochs in der Kneipe.“ „Und das sagst du erst jetzt?“, fragte Freddy leicht ungehalten.

„Wann denn sonst. Du bist doch ständig mit jemand anderem am Reden und am Anstoßen“, meinte Felix. „Egal“, antwortete Freddy, „ich glaub, wir müssen langsam mal aufbrechen und ich weiß auch schon, wo wir heute Nacht schlafen.“ „Ach was, lass uns noch einen Kleinen zu uns nehmen. Der Abend ist soooo schön und die Penner, äh Menschen hier sooo nett. Einen noch und dann gehen wir!“, sagte Felix. „Gut, zwei noch und dann ab in die Falle“, nuschelte Freddy.

Natürlich gingen sie ins Präsidium, das war ja wirklich nicht weit.

Arm in Arm schlenderten die beiden

Kommissare singend so gegen halb zwei in der Nacht Richtung Präsidium.

An der Pforte sagte Freddy zu dem Beamten, den er kannte: „Wir sind bei der Arbeit und oben haben wir auch noch zu tun. Gute Nacht.“

„Gute Nacht“, grüßte der Beamte, wobei er sich ein Grinsen nicht verkneifen konnte.

Leicht verkatert, aber doch einigermaßen fit, saßen die beiden Kommissare von Greifenklau und Sonnenschein überpünktlich um 7.50 Uhr im Kommissariat, was die anderen sehr wunderte, als sie zur Arbeit erschienen.

Als die Mannschaft anwesend war, erhob sich Freddy und sagte, an alle gerichtet: „In zehn

Minuten treffen wir uns im Konferenzraum. Alle, die an dem Fall Palastgarten beteiligt sind."

Nachdem alle eingetroffen waren und sich gesetzt hatten, eröffnete Freddy das Gespräch:

„Felix und ich haben gestern und heute Nacht bei unseren Ermittlungen einiges Wichtige erfahren. Die zwei Verdächtigten könnten sich heute Mittag um 14.30 Uhr in der Gaststätte beim Kleingärtnerverein in Trier-Ost aufhalten. Wir haben Hinweise, die wir unbedingt überprüfen müssen. Daher folgender Plan: Felix und ich betreten um 14.30 Uhr die Gaststätte und setzen uns an einen der freien Tische. Ihr anderen seid alle draußen, kommt aber sicherheitshalber um 14.45 Uhr herein. Wenn wir die besagten Personen gefunden haben, werden wir sie zu einer Gegenüberstellung mit Kalle mit aufs Präsidium nehmen", Freddy holte Luft, „und das Lokal wird unauffällig ringsum umstellt und beobachtet. Alle Beamten in Zivil. Sollte etwas Unvorhergesehenes passieren, stürmt ein Teil von euch das Lokal. Die anderen bleiben zur Sicherheit draußen."

Da klopfte es an die Tür. Hauptwachtmeister Knebele, ein junger Kollege aus dem Streifendienst, erschien im Auftrag des Polizeidirektors, der Freddy bat, umgehend in dessen Büro zu erscheinen. Freddy war darüber alles andere als erfreut.

„Das darf doch wohl nicht wahr sein, der stört immer zur unmöglichsten Zeit!

Felix, du teilst die Leute ein, wer sich wo zu platzieren hat, wer eingreifen soll und so weiter. Und du erstattest mir dann später Bericht. Ich geh dann mal zu dem ‚Ungeheuer'. Kann mir schon denken, was der will."

„Sagen Sie mal, Herr von Greifenklau, Sie sind jetzt wohl von allen guten Geistern verlassen. Tagen bis mitten in der Nacht mit den Pennern in Anlagen der Stadt herum und halten Gelage ab? Und mit im Schlepptau Kommissar Sonnenschein!"

Der Direktor war schweißgebadet. Erregt lief er in seinem Büro auf und ab. Seine Nickelbrille vibrierte vor nervlicher Anspannung. Seine Hände zitterten.

„Herr Direktor!", antwortete Freddy mit erhobener Stimme, „was glauben Sie denn, wo ich die Verdächtigen suchen soll? Und wo ich meine Informationen herholen soll? Der Mord geschah in der Obdachlosen-Szene. Haben Sie das vergessen? Soll ich mich nach Ihrer Meinung in den Millionärshäusern umschauen? Warum auch nicht? Die Methoden müssen Sie schon mir überlassen. Sie wollen doch Erfolge sehen, also lassen Sie mich bitte meine Arbeit tun."

Freddy war mittlerweile richtig sauer geworden und stand auf.

„Schon gut, schon gut, Freddy, gehen Sie schon und wie gesagt ..."

Da war Freddy auch schon zur Tür hinaus.

Nachdem mit Felix und den anderen Kollegen alles besprochen war, gingen Felix und Freddy zusammen zu Tisch.

Mittwoch. Heute gab es Roulade mit Rotkraut und Püree. Und das war eines der leckersten Gerichte.

Kochen konnte er, der Ernie, aber vorher gab es, wie immer, noch einen Witz.

„Kennste den ..: Fischers Maathes sitzt alleine an einem Tisch im Bierstall. Ein Fremder setzt sich zu ihm und lässt sich mit Maathes auf ein Gespräch ein. Er stellt allerlei neugierige Fragen an ihn. Dem Maathes reißt schließlich die Geduld, und er beginnt auch zu fragen:

‚Watt seid d'r dann?' (Übersetzung: Was sind

Sie von Beruf?)

Fremder: ‚Geschäftsreisender.‘

Maathes: ‚Met wat handelt d'r dann?‘ (Übersetzung: Mit was handelt Ihr denn?)

Fremder (höhnisch): ‚Mit Eselsohren.‘

Maathes: ‚Ä, dao hat d'r awer dä richtigen Ardöckel. Da braucht d'r jao kaan Koffer metzeschlaafen, weil d'r de schienst Moster gleich aom Kopp haot.‘

Und hier die Übersetzung für Felix: Ah, da habt ihr ja den richtigen Artikel. Da müsst ihr ja keinen Koffer mitschleppen, weil ihr das schönste Muster gleich am Kopf habt.“

„Der Ernie, der Ernie! Ist immer für'n guten Witz zu haben“, sagte Freddy und stimmte in das Gelächter der Kollegen mit ein.

„Wer ist denn Fischers Maathes?“, fragte Felix.

„Du kennst nicht Fischers Maathes? Das ist aber eine Bildungslücke!“, setzte Freddy zu einer Erklärung an.

„Fischers Maathes war ein Trierer Original. Er wurde 1822 in Trier geboren und erhängte sich im Februar 1879 an einem Fastnachtsdienstag in seinem Geschäft.

Draußen hatte er vorher noch das Schild angebracht: Wegen Todesfall geschlossen. Allerdings kann man nicht alles glauben, was so berichtet wird.

Fischers Maathes war auf jeden Fall ein lustiger und intelligenter Mensch, der mit viel Humor auch die hohen Herren Richter oft auf die Palme brachte. Er hatte einen Kolonialwarenladen in der Hosenstraße. Den Kindern schenkte er immer Bonbons. Leider ist in Vergessenheit geraten, dass er auch sehr viel für die Menschen hier in Trier getan hat. So war er Mitglied des vorbereitenden Ausschusses des ‚Trierer Demokratischen Vereins' für die Wahlen 1848. Vor allem war er derjenige, der nach dem Scheitern der Revolution gemeinsam mit dem Schwager von Karl Marx die Unterlagen des ‚Demokratischen Vereins' und der Gemeinde des ‚Bundes der Kommunisten' im Weißhauswald vergrub und damit Trierer Bürger vor politischer Strafverfolgung bewahrte. In Trier gibt es einen Brunnen, Heuschreck-Brunnen heißt er, da ist Fischers Maathes mit anderen Originalen verewigt. Der Heuschreck-Brunnen wurde von Karnevalsverein Heuschreck gestiftet, dessen Mitglied auch Maathes war."

Nach dieser ausführlichen Erklärung widmeten sich alle ihrem Essen, um sich danach für den Einsatz am Nachmittag zu rüsten.

Punkt 14.30 Uhr betraten Felix und Freddy die Gaststätte am Kleingartenverein.

Es war nicht mehr allzu viel Betrieb. Die Essenszeit war soweit vorüber. Drei Männer standen an der Theke. An einem runden Tisch spielten vier Leute Karten. An einem größeren Tisch saßen mehrere Leute. Die beiden Polizisten nahmen so nah wie möglich an einem Nebentisch Platz.

Der Wirt kam sogleich und fragte nach ihren Wünschen: „Bitteschön, die Herrschaften?“

Freddy und Felix bestellten sich jeder einen alkoholfreien Radler. Die Getränke standen im Nullkommanichts vor ihnen.

Felix und Freddy beobachteten die Leute am großen Tisch. Tatsächlich! In der Mitte saßen zwei junge Männer, auf die die Beschreibung der Personen auf dem Phantombild hätte passen können. Nur trugen diese beiden keine Brillen.

Felix und Freddy erhoben sich und gingen langsam zu den zwei Verdächtigen hin.

Freddy zückte seinen Dienstausweis: „Guten Tag, die Herren, Kriminalpolizei. Wir ermitteln in einem Fall, in dem einige Verdachtsmomente auf Sie als Beteiligte hinweisen. Wir müssen Sie bitten, für eine Gegenüberstellung mit uns auf das Polizeipräsidium zu kommen."

Die beiden sahen sich verdutzt an. Dann sprangen sie wie abgesprochen plötzlich auf, gaben Freddy einen Stoß, so dass dieser gegen die Kante eines Tisches fiel.

Felix stellte sich den Männern in den Weg. „Leisten Sie keinen Widerstand. Flucht ist sinnlos. Das Lokal ist umstellt."

Der eine holte mit der Faust aus, um Felix eine zu verpassen. Aber Felix war schneller, wich zur Seite, packte das Handgelenk des Mannes und drehte ihm den Arm auf den Rücken. Sein Gegner schrie auf und Felix verpasste diesem noch einen gezielten Handkantenschlag, woraufhin der Mann zu Boden ging. Sein Kumpan hatte die Tür erreicht, doch da waren die Kollegen von draußen schon zur Stelle.

In Handschellen wurden die Verdächtigen abgeführt.

„Gott sei Dank", sagte Felix. „Der Fall wäre gelöst. Eine harte Nuss. Eine brutale Angelegenheit."

„Jetzt beginnen erst mal die Verhöre und und und …", gab Freddy zur Antwort.

Alle waren erleichtert und entspannt, den Fall so schnell gelöst zu haben.

Im Präsidium angekommen, warteten die Zeugen bereits: Kalle Wirsch, der ja noch in der Untersuchungshaft saß, des Weiteren der Wirt der Kneipe im Gartenfeld, Trina, die Bedienung, und Franky aus der Allee.

„Jetzt bin ich ja mal gespannt. Ich glaub, wir haben einen Volltreffer gelandet“, freute sich Felix leicht beschwingt.

„Ich bin auch gespannt“, sagte Freddy.

Die Gegenüberstellung begann.

Die Zeugen standen hinter einer Glaswand, von wo aus sie die Verdächtigen beobachten, von diesen jedoch nicht gesehen werden konnten.

„Ne“, sagte Kalle, „das sind sie auf keinen Fall.“

Das meinte auch der Wirt: „Die beiden hab ich noch nie gesehen.“

„Ich weiß, wer die sind, das sind aber nicht die beiden vom Bild. Diese hier verschieben Autos und sollen unerlaubte Autorennen veranstalten, munkelt man“, ließ Trina verlauten.

„Doch“, sagte Franky, „das sind die zwei. Aber nicht die zwei, mit denen ihr wegen der Palastgartensache zu tun habt. Die beiden hier kenn ich auch, die waren schon mal in der Allee. Aber nur ein- oder zweimal.“

Freddy gab Felix den Auftrag, Kommissar Bonert zu dieser Gegenüberstellung hinzuzurufen.

„Ja“, bestätigte dieser, nachdem er die beiden im Verhörraum in Augenschein genommen hatte.

„Das ist einer von denen, einer der Raser, ich erkenn ihn sofort“, freute sich Bonert.

Die Männer hatten also nicht umsonst versucht, fluchtartig die Kneipe zu verlassen. Sie hatten wohl eine größere Sache geplant und dachten, jetzt wären sie ertappt worden. Dumm gelaufen.

Kalle Wirsch wurde aus der Untersuchungshaft entlassen, durfte die Stadt vorläufig jedoch nicht verlassen, da er ein wichtiger Zeuge in dem vorliegenden Fall war.

Anderen Tags, auf dem Weg zur Kantine, sagte Felix zu Freddy: „Jetzt haben wir zwar einen Erfolg errungen, aber mit unseren Ermittlungen sind wir so weit wie vorher.“

„Was gibt's denn heute Gutes zu essen, Ernie?“

„Linsensuppe mit Bockwürstchen und Pfannkuchen.

Apropos Pfannkuchen, kommt ein Gast in ein Lokal und sagt: ‚Ich hätte gerne Bohnensuppe mit Pfannkuchen.‘

‚Pfannkuchen ist aus.‘

‚Dann bitte nur zwei Pfannkuchen.‘

Hahahaha, ist der nicht lustig, ich habe mich

schiefgelacht, als ich den das erste Mal gehört hab. So blöd und doch so lustig, hahahaha, wie lustig.“

„Also, ich weiß nicht, was daran so lustig sein soll. Deine Witze waren auch schon besser.“

Als sie beide am Tisch sitzen, fragte Freddy:

„Was ist eigentlich mit deiner Schulter, du hältst sie so komisch?“

„Bei dem Gerangel habe ich mir irgendwas an der Schulter verletzt, halb so wild“, erwiderte Felix.

„Da springt der Kerl von Waggon zu Waggon, klettert über Felsen und verletzt sich dann bei einem harmlosen Gerangel, das darf doch wohl nicht wahr sein. Ich kenn da einen guten Heilpraktiker, den solltest du mal besuchen. Ich hatte auch mal starke Schmerzen in der Schulter, vom Boxen. Mein Arzt wollte mir schon eine neue Schulter verpassen, da hat mir ein guter Freund diesen Heilpraktiker im Saarland empfohlen. Hoppe heißt er. Der gute Hoppe. Nach drei Sitzungen waren die Schmerzen schon fast verschwunden. Ich kann meinen Arm heute voll bewegen, als wäre nie etwas gewesen. Kann ich nur empfehlen.“

„Wenn's nicht besser wird, werde ich deinen Rat befolgen", meinte Felix.

Für den Morgen des nächsten Tages beraumte Freddy ein Treffen im Polizeipräsidium an. „Morgen, Freitag, 8.30 Uhr, Treffen im Besprechungsraum. Wir müssen alles noch einmal durchgehen. Wenn jetzt die Morde aufhören, wäre ja schon ein Teil gewonnen. Aber wir müssen die Täter unbedingt finden, koste es, was es wolle", verkündete Freddy.

Freitag, 8.30 Uhr.

Alle waren im Besprechungsraum versammelt. Sogar der Kriminaldirektor Oswald Helfenstein war ausnahmsweise einmal anwesend.

„Meine sehr verehrten Damen und Herren, liebe Kollegen, sehr geehrter Herr Direktor Helfenstein", begann Kommissar Ferdinand von Greifenklau, „die Sachlage ist ernst. Wir haben immer noch keine genauen Hinweise bezüglich der Morde. Besser gesagt, wir tappen völlig im Dunkeln. Wer sind diese beiden Männer? Was sind ihre Motive? Die Phantombilder wurden überall verteilt. Niemand hat die beiden bisher erkannt und identifizieren können. Sonst gibt es auch keine Hinweise. Die Bilder erscheinen morgen nochmals in der Zeitung und diesmal deutschlandweit. Irgendjemand muss die zwei doch kennen!

Morgen werden wir in Trier und Umgebung eine Großrazzia machen. Zurzeit stehen uns viele Beamte zur Verfügung. Wir werden nach einem genauen Plan vorgehen. Ich habe mit meinen Leuten schon etwas vorbereitet, wir ..."

„Freddy!", wurde er von einem Kollegen in seinen Ausführungen unterbrochen. „Was ist denn, Alfonso?"

Dieser reichte ihm sein Handy. „Rudi ist am Telefon, er scheint ziemlich nervös. Er will dich sprechen. Er hat vor lauter Aufregung sogar deine Nummer nicht gefunden." Gespannt griff Freddy nach dem Handy.

„Chef, ich glaub ich hab ihn, ich hab ihn …"

„Wen hast du? Wen hast du, Rudi?"

„Na ihn, ihn!"

„Wo bist du jetzt?"

„Ich bin auf dem Kornmarkt, sitze vor dem Brunnen und esse gerade ein Fischbrötchen."

„Was du isst, ist mir piepegal. Wen hast du? Jetzt rück endlich raus mit der Sprache!“

„Na, ihn, den Bären, den ich Ihnen gerade aufgebunden hab. April, April, heute ist der 1. April. Hahahahaha.“

„Du Arschloch!“

Alle Kollegen saßen gespannt und auf ihren Plätzen. Jegliches Gespräch war verstummt.

Doch nun schreckten sie auf. Solch einen Ton waren sie von Freddy nicht gewohnt.

Die empörte Stimme des Direktors ertönte: „Herr von Greifenstein, ich darf doch sehr bitten, was ist denn da los?“

Freddy: „Rudi, du kommst jetzt sofort ohne Umwege ins Präsidium. Kein Aber! Das ist ein Befehl!“ Freddy legte den Hörer auf.

„Was ist los, Freddy?“, fragte Felix.

„Ein übler Aprilscherz, sollte lustig sein. Ich glaube, unser Azubi hat sich den falschen Beruf ausgesucht. Nichts gegen Spaß und Witze. Aber alles zu seiner Zeit. Felix, hast du inzwischen herausgekriegt, wer die drei Opfer waren?“, wollte Freddy wissen.

„Ja, Chef, bei dem ersten handelt es sich um einen gewissen Albert Winzling, 52 Jahre alt. Er stammt aus Worms. Beruf: Hauptbuchhalter, seine Frau hat ihn nach 15 Jahren Ehe mit seinem Chef betrogen. Sie haben sich getrennt. Er kam nicht mehr auf die Füße. Seit 10 Jahren lebte er auf der Straße. Seit drei Jahren hier in Trier.

Bei dem zweiten Opfer handelt es sich um Ludwig Obenohn, 62 Jahre alt, Beruf: Bankkaufmann. Er hatte gleich mehrere Schicksalsschläge erlitten. Seine beiden Kinder sind bei einem Unfall ums Leben gekommen. Seine Frau hat das nicht überwunden und hat sich aufgehängt. Er wollte sich damals ebenfalls das Leben nehmen, ist ihm aber misslungen. Nach zwei Jahren lernte er eine ganz tolle Frau kennen. Es ging wieder bergauf mit Ludwig. Er war beruflich ebenfalls erfolgreich. Sie wollten sich ein Heim bauen. Da, wie aus heiterem Himmel, verliebte sich seine Frau in einen anderen, einen Jüngeren, und verließ ihn kurzerhand. Ludwig war am Boden zerstört. Er begann zu saufen. Es ging immer mehr bergab mit ihm.

Bei dem dritten Opfer handelt es sich um Erwin Schlotterbeck, 45 Jahre. Beruf: Dekorateur. Schlotterbeck war ein umtriebiger Mensch. Er hielt es nie lange an einem Ort aus. Keiner wusste so richtig, wo er herkam. Doch er hatte sich entschlossen, mit dem Alkohol aufzuhören. Er hatte schon einen Therapieplatz. In einem Monat hätte er ein anderes Leben beginnen können.

Mehr hab ich bis jetzt nicht rausfinden können, Chef“, sagte Felix.

„Das ist ja schon mal was. Gut gemacht, Felix“, antwortete Freddy.

Freddy wandte sich an seine Kollegen: „Meine Herrschaften, wir gehen jetzt in die Mittagspause und um 14.00 Uhr darf ich Sie bitten, alle wieder hier zu erscheinen. Vielen Dank.“

„Sag mal“, schlich sich der Direktor von hinten an Freddy heran, „ich rechne doch sehr mit euch beiden am Sonntag zum Treffen der Familien. Es ist ja diesmal in dem schönen Anwesen derer von Waffelstein. Liegt in der Nähe von Monschau. Du weißt, das ist Tradition, und du kannst mich unmöglich mit all denen alleine lassen.“

„Ich habe hier sehr viel zu tun. Wir sind erst am Anfang. Sie haben selbst eingefordert, Erfolge sehen zu wollen! Und das sehr massiv.“

„Du! Du! Lieber Freddy, wir waren beim Du. Alles zu seiner Zeit, wie du zu sagen pflegst. Auch die familiären Verpflichtungen und die Freizeit haben ihren Platz im Leben. Ich erwarte dich mit deiner Frau am Sonntag. Und keine Widerrede. Du hast fähige Leute, die von dir gut eingewiesen und geschult worden sind. Die werden dich einen Tag entbehren können. Außerdem bist du ja nicht aus der Welt. Im Zeitalter der Handys. Also, ich rechne mit Ihnen, äh, mit dir, lieber Freddy. Du hast was gut bei mir. So, jetzt gehen wir in Ruhe etwas essen und heute Nachmittag geht's ja weiter mit der Besprechung. Ich werde dann leider nicht dabei sein können, hab noch zu tun. Kommissar Felix Sonnenwein soll mir dann Bericht erstatten."

„Sonnenschein, Sonnenschein, lieber Oswald."

„Ja, Sonnenschein, den wünschen wir uns für am Sonntag. Ich sehe, du hast es begriffen. Wir sehen uns dann Sonntag, mit deiner entzückenden, lieben Gemahlin."

„Verlobten."

„Ja, Verlobten. Seit wie vielen Jahren schon? Glaubst du nicht, ihr solltet endlich mal heiraten? Wilde Ehe, so etwas geziemt sich nicht in Adelsfamilien. Wo dein Vater auch noch General war."

„Oberst, Herr Hefenteig, Oberst."

„Obdachlos, hä?"

„Bis am Sonntag, Oswald, und guten Appetit! Und grüßen Sie mir Ihre Frau Gemahlin."

In der Kantine des Polizeipräsidiums.

„Kennste den?“, kam der dicke Ernie um die Ecke: „Fischers Maathes kam nach zwölf Uhr nachts ziemlich betrunken und laut lachend über den Hauptmarkt, wo ihm ein Polizist entgegentrat und ihn anschnauzte:

‚Wissen Sie nicht, dass der neue Polizei-Erlass vorschreibt, dass man nach zwölf Uhr still und ruhig nach Hause gehen muss?‘

Daraufhin sagte Maathes: ‚Joa, dat waass eich ganz gut, awer eich giehn jao och noch net haam!‘

Übersetzung: Ja, das weiß ich ganz gut, aber ich geh ja auch noch nicht heim.“

Freddy setzte sich zu seinen Kollegen an den Tisch, während der Direktor immer noch suchend um sich schauend im Raum herumlief. Gott sei Dank war an ihrem Tisch kein Platz mehr.

Das hätte gerade gefehlt, den Dummschwätzer auch noch beim Essen ertragen zu müssen.

Und jetzt drohte dem Hauptkommissar noch dieser Sonntag. „Oh Gott, oh Gott“, dachte er, „ich glaub, ich verkauf meinen Adelstitel, lass mich versetzen, mir einen neuen Namen geben und hab endlich Ruhe vor diesem Getue."

„Der Fisch ist lecker, sehr lecker", lobte Frau Doktor.

„Felchen, die kommen vom Bodensee. Ja, sehr lecker. Für euch Katholiken kommt am Freitag wohl nur Fisch auf den Tisch, was?", meinte Felix.

„Ja, das ist hier und gerade in Trier so, dieser erzkatholischen Stadt", sagte Dorothee Hasenfuß. „Ich dachte, Sie sind hier geboren und wissen das?"

„Ja, aber mit sieben umgezogen, mit neun umgezogen, mit zwölf umgezogen. Mein Vater war Oberst bei der Bundeswehr. Und um General werden zu können, hätte er noch mal mit uns umziehen müssen, und das zum was weiß ich wievielten Mal. Da hatte unsere Mutter die Nase voll. Meinem Vater war es auch nicht so wichtig. Also blieben wir im schönen Bayern, genauer gesagt in Unterneukirchen, 15 km von Burghausen entfernt. Oberbayern. Und Sie, Frau Dorothee, Sie stammen doch auch nicht von hier, das hör ich an Ihrem Dialekt. Obwohl er kaum zu erkennen ist. Wo stammen Sie her?"

„Ich stamme aus Hessen, genauer gesagt aus Hirschhorn, an der Grenze zu Baden-

Württemberg. Direkt bei Heidelberg. Ich hab auch in Heidelberg studiert, das bot sich ja an. Burghausen, ja, da war ich auch schon zweimal. Eine wunderschöne Stadt. Reines Mittelalter. Und dann diese tolle Burg. Die längste Burg der Welt. Über einen Kilometer lang. Beeindruckend!“

„Ja“, antwortete Felix begeistert, „und wenn du oben auf der Burg stehst, siehst du links den Wöhrsee und rechts fließt die Salzach. (Oder umgekehrt, kommt darauf an, von welcher Seite du kommst). Gegenüber, am anderen Ufer der Salzach, liegt Österreich. Und wenn du unten in der Stadt im Sommer vor der Eisdiele sitzt und einen Karamellbecher genießt und dabei nach oben schaust, dann siehst du erst die wunderschöne Kulisse der alten Häuser, und darüber, riesig lang, die längste Burg der Welt. Ein herrlicher, einzigartiger Ausblick. Ich vermisse ihn. Und ich fahre so oft wie möglich dorthin und besuche meine Eltern, die beide dort auf einem kleinen, gemütlichen Bauernhof wohnen.“

„Hier an der Mosel gibt es auch jede Menge Burgen. Die schönste unter ihnen ist die

Reichsburg Cochem. Dort finden jährlich zahlreiche Veranstaltungen und Rittermahle statt“, sagte Frau Dorothee.

„Da könnten wir doch mal einen Betriebsausflug hin machen“, meinte Felix.

„Kannste ja mal dem Chef vorschlagen“, schmunzelte Dorothee.

„Ich hab mir auch von dem Fisch genommen. Das ‚Vegane‘, weiß ich was es ist, können die gerne behalten“, sagte Freddy.

„Wo hast du denn dein ‚Direktorchen‘ gelassen?“, fragte Felix grinsend.

„Lass mich mit diesem Wahnsinnigen in Ruhe. Jetzt muss ich doch zu diesem Adligentreff am Sonntag. Ich komm nicht drumherum. Er hat mich bekniet, auch mitzukommen.

Er hat gemeint, ich hätte fähige Leute und die könnten mich einen Tag entbehren und ich könnte ihn schließlich nicht hängenlassen und bla bla bla. Und es war schon fast ein Befehl. Das heißt, lieber Felix, du musst mich hier vertreten. Wir bleiben in Verbindung, ich hab mein Handy auf Empfang.“

„Das kriegen wir schon hin, Chef, du kannst dich auf uns und auf mich verlassen. Gönn dir mal einen ruhigen Tag."

„Ruhiger Tag! Ich würde gerne darauf verzichten, das kannst du mir glauben."

„Sieh es doch einfach mal als Ruhetag an. Sonntag soll es schön werden. Sonnenschein, heißt es."

„Ja, Herr Sonnenschein, das meinte unser Direktorchen auch. Der hat se doch nicht mehr alle. Mann, was bin ich froh, wenn der endlich mal in Ruhestand geht. Aber bei seiner Elisabeth hat er dann gar keine Ruhe mehr."

„Ein flotter Feger, hab ich gehört", meinte Felix.

„Das kannste laut sagen. Kein Mann ist vor ihr sicher, wenn sie ihn im Visier hat. Bei mir hat sie es auch schon versucht." „Und?" „Wie, und? Ich habe natürlich die Finger von ihr gelassen. Bin doch nicht lebensmüde. Auf der einen Seite ein Wahnsinniger und auf der anderen Seite eine eifersüchtige Verlobte mit italienischer Herkunft. Nein danke. Eine Frau kann gar nicht so schön sein, dass ich mich in solch eine Gefahr begebe."

„He, Jürgen, was machst du mit der Flasche Sekt und den Gläsern?"

„Ich möchte mit euch anstoßen und mich bei

euch bedanken. Durch euch hab ich den Fall mit dem illegalen Straßenrennen gelöst. Hier die Gläser. Ich trinke auf euch. Prost!"

„Am helllichten Tag und während der Arbeitszeit? Ach, scheiß der Hund drauf. Ein Gläschen gönnen wir uns", freute sich Freddy.

„Was haben Sie denn da für einen Fleck an Ihrem Hemd, Herr Hauptkommissar?", fragte Dorothee.

„Wo, wo?" Fragend schaute Freddy auf sein Hemd.

„April, April", sagte Dorothee und lachte.

„Ich glaub, für heute reicht es mir mit Aprilscherzen. Der Rudi hat mich ganz schön reingelegt. Das war überhaupt nicht mehr lustig. Ich glaub, der weiß nicht, wo seine Grenzen sind. Ich frage mich, ob der eigentlich für diesen Job geeignet ist. Auf jeden Fall werde ich mir den mal zur Brust nehmen. Wo ist er überhaupt?"

„Ja, ja, der Rudi. Ein lustiger Vogel und noch so jung, gerade mal siebzehn. Mann, was haben wir in diesem Alter alles angestellt", erinnerte sich Oberkommissar Alfonso Sobrano.

„Und du, Freddy, hast gar nicht gemerkt, dass du ein riesiges Loch in deiner Hose hast", bemerkte Friedrich Rock.

„Wo?“, fragte Freddy und schaute auf seine Hose.

„Schon wieder in den April geschickt! Mann, bist du schnell reinzulegen. Da hätte der Rudi sich gar nicht so sehr anstrengen müssen.“

Plötzlich und unerwartet stand der Direktor neben Freddy.

„Ach, da bist du ja, Oswald, ich hab dich schon überall gesucht, um dich zu bitten, mit uns hier Platz zu nehmen. Leider ist jetzt der Tisch besetzt“, sagte Freddy.

„Schon gut“, entgegnete der Direktor. „Ich konnte mich nicht entscheiden, was ich heute esse. Fisch oder dieses Vegané.“

„Vegane, meinst du, ohne Fleisch und Milchprodukte.“

„Ja, so was, immer dieses ausländische Zeug“, erwiderte der Direktor.

„Ich glaube, bei dem ist Hopfen und Malz verloren“, dachte Freddy und verkniff sich ein Grinsen.

„Dann noch einen schönen Tag allesamt, ich gehe jetzt ins Wochenende. Wir sehen uns am Sonntag, Herr Hauptkommissar.“ Sagte es und bewegte sich zum Ausgang.

Gott sei Dank, der war mal weg.

Um 14.00 Uhr saßen alle wieder bei der Besprechung zusammen.

„Liebe Kollegen“, begann Freddy das Gespräch, „für morgen wird ein genauer Plan erstellt. Wir werden die ganze Stadt und die Umgebung durchkämmen. Uns stehen 100 Leute zur Verfügung! Das ist eine ganze Menge. Wir werden immer in Zweiergruppen gehen. Ausgestattet mit allem, was ihr braucht. Ihr habt alle ein Bild von den mutmaßlichen Tätern dabei. Wir müssen weiterkommen in der Sache.

Wahrscheinlich sind die schon über alle Berge. Wenn dadurch die Morde aufhören würden, hätten wir wenigstens etwas erreicht. Wir werden sehen. Auf jeden Fall treffen wir uns morgen hier um 8.00 Uhr. Und bitte, seid alle pünktlich.

So, nun an die Arbeit, es gibt noch viel vorzubereiten.

Leider bin ich am Sonntag nicht hier. Felix und Alfonso werden mich vertreten. Mit Felix bleibe ich ständig in Kontakt.“

Samstagmorgen um 8.30 Uhr in der Trierer Innenstadt.

Es wimmelte nur so von Menschen. Klar, es war Monatsanfang und Samstag. Ein leichter, kühler Duft streifte durch die Stadt. Die Sonne schob schon ihr Licht über die Hausdächer. Es würde ein schöner Tag werden. Die ersten Straßencafés hatten bereits geöffnet. Aus den Backstuben duftete es nach frisch gebackenem Brot.

Oberkommissar Alfonso Sobrano und Polizeisekretär Friedrich Rock waren als Team unterwegs. Sie befanden sich in der Sichelstraße, Anfang Glockenstraße. An der Ecke war eine Imbissstube. Früher arbeitete dort der „Dreifinger-Joe“. So hieß der Betreiber damals. Eine stadtbekannte Größe; jeder wusste, wer gemeint war.

Sie gingen am Gasthaus „Zur Glocke“ vorbei. Die Glock, so wie man in Trier sagte, hatte nach langer Umbauphase wieder geöffnet. Sie war stark renoviert worden. Besonders der große, mittelalterliche Keller mit seinem Gewölbe war wieder hergerichtet. Die oberen Räume waren fast so geblieben, wie sie ursprünglich gewesen waren. Der Glocken-Jupp, so hieß der damalige Wirt, war stadtbekannt gewesen. Nicht zuletzt wegen seiner legendären Zwiebelsuppe.

Weiter gingen die beiden, vorbei am Reisebüro Müller-Kylltal, von wo aus sie nach wenigen Metern die Simeonstraße erreichten.

In der Simeonstraße, einem Teil der in der Altstadt gelegenen Fußgängerzone, drängten sich, wie an fast jedem Tag im Jahr, Touristengruppen um ihre Stadtführer. Unzählige Menschen strömten in die Kaufhäuser und Geschäfte oder verließen diese mit mehr oder weniger zufriedener Miene. Die Polizisten bogen nach links in die Simeonstraße ein und ließen sich vom Strom der Menschen in Richtung Hauptmarkt treiben.

Seit einiger Zeit gab es in Trier übrigens wieder Nachtwächter, wie damals, als sie im dunklen Mittelalter die Sicherheit in der Stadt garantierten.

Die Nachtwächter von heute hingegen zeigten Interessierten Trier bei Nacht.

Aber sie hielten auch Augen und Ohren offen, und die Polizei hatte schon in mehreren Fällen sachdienliche Hinweise von ihnen bekommen.

Einer der „neuen" Nachtwächter war Jakobus Fischer, der Jüngere, der nach getaner Arbeit gerne einen Schlummertrunk in einer der zahlreichen Trierer Kneipen einnahm.

Felix und Freddy befanden sich zu diesem Zeitpunkt im Palastgarten. Sie saßen dort im Café und tranken – na was wohl? Natürlich Kaffee!

„Meinst du, diese ganze Aktion nützt überhaupt noch was? Glaubst du allen Ernstes, dass die Typen hier noch rumhängen?", fragte Felix seinen Chef.

„So richtig überzeugt bin ich auch nicht. Aber wir müssen alles versuchen, um Klarheit zu schaffen.“

„Wenn dadurch wenigstens das Morden aufhört. Aber diese skrupellosen Typen würde ich trotzdem zu gerne fassen, das kannst du mir glauben.“

„Sag mal, sitzen da hinten auf der Bank nicht Helga und Weber?“, fragte Freddy.

„Ja, das sind sie. Sie sind auch hier für eine Zeit eingeteilt.“

„Mann, oh Mann, gehen die wieder ran. Ein eingespieltes Liebespaar. Hoffentlich vergessen die zwei vor lauter Knutschen nicht alles rundherum“, sagte Freddy.

„Toller Job! Fürs Knutschen bezahlt werden."

Felix und Freddy gingen zum großen Parkplatz am Palastgarten, überquerten die Straße Weberbach und gelangten so in die Wechselstraße. Auf der Ecke befand sich die Gaststätte „Zum Fischers Maathes".

Da, wo jetzt „die Weberbach" war, war im Mittelalter ein Bach geflossen, der Weberbach. Hier wohnten und arbeiteten damals die Weber mit ihren Familien. Der Weberbach floss zu dieser Zeit weiter in Richtung Innenstadt, sogar auch über den Hauptmarkt.

Lange wurde dort noch die Wäsche gewaschen.

Mittig der Wechselstraße bogen die beiden Kommissare rechts ab und kamen an die TUFA.

Eine alte Tuchfabrik, heute ein Kulturzentrum von Trier. Hier wurden in zwei Sälen Konzerte gegeben und Bühnenstücke aufgeführt.

Angeschlossen war eine gemütliche Kneipe, in der auch gutes Essen serviert wurde, das Textorium.

Vor der Tür gab es einen kleinen Biergarten, der im Sommer gerne besucht wurde. Die TUFA war ein Treffpunkt für jedermann.

Hier fragten sich die Beamten durch die Menge der Gasthausbesucher und zeigten das Bild mit den Tatverdächtigen herum. Eine Bedienung glaubte, sich an die beiden zu erinnern, sie schon gesehen zu haben. Aber mehr wusste sie auch nicht. Ansonsten fand sich hier niemand, der etwas zu dem Bild zu sagen gehabt hätte. Nachdem Felix und Freddy noch etwas getrunken hatten, verließen sie die Gaststätte.

Eine Polizeistreife in Uniform ging, vom Gartenfeld kommend, in Richtung Weberbach, vorbei am Roten Turm und am Modehaus Marx.

Im Modehaus Marx befand sich, bis das französische Militär Trier verlassen hatte, das „Le Foyer“, ein französisches Kasino, die Messe für die Unteroffiziere. Vorher jedoch hatte hier die Gaststätte „Zur Höll“ gestanden. Da war Fischers Maathes auch des Öfteren eingekehrt.

Die Polizeistreife ging weiter durch die Liebfrauenstraße, vorbei an der Kirche Liebfrauen und dem Dom. Früher hatte vor dem Dom immer der „Au“ gesessen und gebettelt. „Au“ von August – auch Pflaumen-August genannt, was er aber nicht so gerne hörte. Das war so in den 1970er, 80er und 90er Jahren. Au trank mindestens einen Liter Schnaps am Tag und wurde dennoch älter als 70 Jahre. Er saß oft in der Kneipe Intercity, heute „Früh bis spät“.

Es wurde eine lustige Geschichte über Au erzählt: Au war mal wieder knapp bei Kasse. Es war Winter und bei der Kälte waren die Leute geizig. Ihm kam die Idee, es doch mal beim Bischof zu versuchen, von wegen christlicher Nächstenliebe und so. Nachdem er mehrmals an der Pforte abgewiesen worden war, wurde er sauer und sann auf Rache.

Er bemerkte, dass ein Stück Teppich unter der geschlossenen Tür der bischöflichen Wohnstätte hervorlugte.

Er zog und zerrte so lange daran herum, bis er den ganzen Teppich herausgezogen hatte. Es waren sage und schreibe genau neun Meter.

Der „Scherz" blieb nicht lange ungesühnt. Au wurde angeklagt und verurteilt. Für jeden Meter Teppich bekam er einen Monat Arrest in der Windstraße, wo sich zu dieser Zeit noch das Trierer Gefängnis befand.

Wie fast überall unter der Trierer Altstadt, gab es auch im Bereich um die Liebfrauenstraße unterirdische Kellergewölbe, die in früheren Zeiten überwiegend zur Lagerung von Wein gedient hatten.

Die Beamten überquerten den Domfreihof. Am Domfreihof 1 A befand sich das Bistro Walderdorffs. Ein chices Restaurant mit einer einladenden Speisekarte, wo sie gerne ein wenig verweilt hätten, aber im Dienst und in Uniform!?

Sie bogen in die Gasse „Sieh um dich“ ein.

Im Mittelalter konnte sich ein Dieb retten, wenn er den Domfreihof vor seinen Verfolgern erreichte.

Er genoss dort, im Bereich der Domimmunität, denselben Schutz wie im Dom selbst. In dieser Straße hieß es dann „Sieh um dich“, der Dieb konnte abschätzen, ob er den Häschern noch entkommen konnte.

Alfonso Sobrano und Fritz, wie Friedrich Rock von den meisten Kollegen genannt wurde, hatten jetzt den Hauptmarkt erreicht und bewegten sich nach links Richtung Grabenstraße, an der Kofferecke vorbei. Die Kofferecke ist ein bereits in der vierten Generation in Trier alteingesessenes Lederfachgeschäft.

Am Pranger, wo sich, vom Hauptmarkt kommend, Brot- und Palaststraße verzweigten, packte gerade ein Straßenmusikant seine Gitarre aus.

Aus seinem Beutel nahm er einen Notenständer heraus und öffnete ihn. Dann legte er ein Liederbuch darauf. Vor sich stellte er ein Bastkörbchen auf die Straße. Er schaute sich kurz um und legte dann ein 2-Euro-Stück in das

Körbchen. Er hatte einen Hund dabei. Astor hieß der. Für ihn legte der Musikant eine Decke neben sich auf das Pflaster. Er nahm ein Schälchen aus seinem Beutel und eine Flasche Wasser. Er befüllte das Schälchen mit Wasser für den Hund und nahm selbst einen tiefen Schluck aus der Flasche. Sein Hund, eine schöne Mischung aus Schäferhund und Labrador, dankte es ihm, indem er seinem Herrchen die Hand leckte. Eine kleine Streicheleinheit und dann begann die Vorstellung.

Der Musiker mit dem Namen Rouven, wie die Beamten wussten, war ein etwa 35jähriger junger Mann mit langen, lockigen, gepflegten Haaren.

Er hängte sich die Gitarre um und begann mit dem Lied „Heute hier, morgen dort, bin kaum da, muss ich fort“ von Hannes Wader.

Alfonso seufzte „Ah, wie schön.“ Er zückte seine Geldbörse und warf dem Sänger ein 2-Euro-Stück in das Körbchen. Fritz tat es ihm gleich. Sie gingen weiter in die Brotstraße hinein. In der Mitte des Straßenzuges angekommen, sie wollten eben in Richtung Kornmarkt abbiegen, sagte Fritz: „Ich muss mal ganz dringend aufs Klo. Kann ein wenig dauern.“

„Mann, konntest du das nicht vorher erledigen?“, entgegnete Alfonso ungehalten. „Dann halt drauf, ich gehe langsam zum Brunnen und warte dann da auf dich.“

Polizeimeister Weber und Helga Schwiers kamen gerade vom Bahnhof und waren eine Schleife durch die Roonstraße gegangen.

„Hier, wo jetzt die Fahrschule ist“, sagte Weber, als sie an der Ecke angekommen waren, „war früher eine Studentenkneipe. Das Crosby. War ganz schön was los damals.“

Sie tauchten ein in den noch lichten Baumschatten der Nordallee und gingen in Richtung Porta Nigra.

„Den Kiosk, der früher hier auf der Spitze von Göbenstraße und Nordallee gestanden hat, gibt's leider auch nicht mehr. Und daneben die Bastei. Hier war auch schon alles Mögliche drin. Früher mal ein Tanzlokal und später ein Lesecafé."

„So ändert sich eben alles mit der Zeit", sagte Helga.

Weiter gingen sie durch die schon grünende Allee und nahmen auf einer Bank Platz, wo sie einige Minuten Pause einlegten, um ausgiebig zu knutschen. Dafür wurden sie schließlich bezahlt.

Dann machten sie sich wieder auf den Weg, rechts begleitet von Hecken, die mit winzigen hellgrünen Blättchen bedeckt waren, und links von zart ergrünendem Rasen, durch den hindurch Krokusse zum Licht gedrängt waren und die Knospen unzähliger Tulpen einen wahren Farbrausch versprachen.

Sie kamen an die Kreuzung am Porta Nigra-Platz, wo rechts die Paulinstraße beginnt, die in die Herzogenbuscher Straße übergeht und dann am Verteilerkreis in Trier-Nord endet; eine der römischen Hauptachsen. Hier gab es früher eine Unterführung. Einer ihrer Ausgänge führte zur Simeonstraße, einer zur Porta Nigra und einer in Richtung Paulinstraße. In der Unterführung gab es einen Kiosk. Manchmal, bei Regen, spielten hier auch Straßenmusikanten.

Die beiden wandten sich nach links in die Simeonstraße. Rechts ragte die riesige Porta Nigra auf, das Nordtor des Römischen Triers.

Trier war im 2. Jahrhundert die Hauptstadt des Römischen Reiches. Es war nach Rom die zweitgrößte Stadt Europas. Innerhalb der römischen Mauern von Trier lebten damals über 50.000 Menschen. Allerdings war die Innenstadt zu der Zeit viel größer als die mittelalterliche Innenstadt. Die Stadt reichte im Süden bis nach St. Matthias. Sie hatte riesige Mauern. Später wurden diese Mauern wie ein Steinbruch abgetragen, um neue Häuser zu errichten und eine neue Stadtmauer, die wesentlich kleinere Ausmaße hatte. So entstand das mittelalterliche Trier, von dem es heute noch sehr viele interessante Relikte zu sehen gibt.

Kommt man durch die Porta Nigra hindurch in den Altstadtbereich, liegt rechts der Brunnenhof. Daneben die Tourist-Information. Zwischen der Tourist-Information und einer Straßengaststätte hindurchschauend, erhascht man jetzt einen Blick auf eine neue Statue: Karl Marx, geb. 5. Mai 1818 in Trier, ist dort verewigt. Die Statue ist ein Geschenk der Volksrepublik China an die Stadt Trier, anlässlich des 200sten Geburtstags von Karl Marx. Sie ist aus Bronze und einschließlich Sockel 5,50 Meter hoch.

Weber und Schwiers gingen an dem Haus vorbei, das bis vor einiger Zeit das Restaurant „Zum Christophel“ beherbergt hatte. An seiner Stelle befand sich hier jetzt ein Kaffeehotel.

Sie gingen weiter die Simeonstraße entlang Richtung Hauptmarkt und kamen am Dreikönigenhaus vorbei, einem mittelalterlichen Wohnturm, deren es in Trier drei gab: neben dem Dreikönigenhaus der Frankenturm in der Dietrichstraße und der Turm Jerusalem am Domfreihof. Früher war im Dreikönigenhaus ein schönes, alteingesessenes Caféhaus. Inzwischen betrieb eine Caféhauskette die dortige Lokalität.

Im Frankenturm, der vor einiger Zeit restauriert worden war, fanden häufig kulturelle

Veranstaltungen statt. Und nicht zuletzt beherbergte der Turm Jerusalem das Standesamt.

Zu erwähnen sei auch, dass „der stärkste Mann der Welt“, Paul Trappen, in der Simeonstraße eine Gaststätte besaß: „Das Trierer Rippchenhaus“. Paul Trappen hat in der ersten Hälfte des vorigen Jahrhunderts gelebt. Bekannt wurde er durch die Sensation: Er hob zwei Ochsen samt Käfig in die Luft. Gewicht: 4.128 Pfund. Bisher ungeschlagen. Leider konnte er an den Olympiaden nicht teilnehmen, da er sich bei einem Zirkus verpflichtet hatte. Und wer damals gegen Geld seine Kraft sehen ließ, durfte nicht an Sportwettkämpfen teilnehmen.

Die beiden Polizisten bewegten sich nun Richtung Hauptmarkt und warfen kurz vor Erreichen des Platzes einen Blick nach rechts in die Judengasse, die im Mittelalter den Zugang zum jüdischen Viertel der Stadt gebildet hatte.

Nun stießen die beiden Polizeibeamten direkt auf den Hauptmarkt.

Der Hauptmarkt war im 10. Jahrhundert angelegt worden. Ein großzügiger, von den Häusern reicher Handelsherren umstandener Platz, der landesweit seinesgleichen suchte. Polizeihauptmeister Weber war immer wieder froh, diesen Anblick genießen zu können.

Es wurde behauptet, der Platz sei der schönste Marktplatz Deutschlands.

Auf jeden Fall, dachte Weber im Weitergehen, hat der Hauptmarkt einige Sehenswürdigkeiten zu bieten.

Da gab es das Marktkreuz, den Petrusbrunnen, die Steipe und die Marktkirche.

Am Marktkreuz tummelten sich außer Touristen auch oft Obdachlose, die in Ruhe ihre Dose Bier trinken wollten. In der Regel ging es da ruhig zu.

Der Marktplatz war Treffpunkt für jedermann. Die einen trafen sich am Marktkreuz, die anderen am Brunnen. Wieder andere trafen sich auf ein gutes Glas Moselwein am Weinstand oder kauften an einem der Marktstände ihr täglich frisches Obst und Gemüse.

In den 70er und 80er Jahren gesellte sich auch gerne „Röschen“ zu den jungen Leuten am Marktkreuz. Röschen war eine stadtbekannte alte Dame mit Hütchen und Handtäschchen. Sie gab sich immer den Anschein, arm zu sein, war das aber keineswegs, was wiederum aber kaum jemand in der Stadt wusste. Wenn sie die jungen Leute am Marktkreuz trinkend von weitem erblickte, zückte sie aus ihrem Täschchen einen Becher und ließ sich diesen einschenken.

Die Beamten zeigten die Bilder der beiden Verdächtigen überall herum. Ohne Erfolg. Sie gingen an der Steipe, dem mittelalterlichen Fest- und Empfangsgebäude der Trierer Bürgerschaft, entlang und bogen schräg rechts in die Fleischstraße ein. Wo jetzt ein Telefonladen war, hatte es früher die Gaststätte „Zum schwarzen Ochsen" und die Gaststätte Stern gegeben. Darüber lag ein Pub, und vor den Gaststätten war eine riesige, stets gut besuchte Terrasse. In der Fleischstraße setzten sich Weber und Schwiers in ein Eiscafé.

Kommissarin Lotte ging mit Azubi Rudi, der, nachdem er sich eine lange Standpauke von seinem Chef hatte anhören müssen, heute ausnahmsweise auch mitgedurft hatte, in Richtung Moselufer.

Sie kamen eben von der Kaiser-Wilhelm-Brücke und gingen von dort die Treppen hinunter auf die Uferpromenade.

Jetzt befanden sie sich in Zurlauben mit seinen alten Fischerhäusern, in denen heute meistenteils Kneipen und Speiselokale untergebracht waren.

Vorbei ging es an den lauschigen Lauben, in denen die Gäste mit schönem Blick auf die Mosel ihre Getränke und Speisen verzehren konnten, und denen der Stadtteil seinen Namen zu verdanken hatte. Es tummelten sich schon viele Gäste auf den Terrassen. Das Wetter war toll an diesem Tag. Die Sonne lachte, und auf der anderen Seite der Mosel glänzten die Sandsteinfelsen noch röter als sonst. Bei diesen Felsen gegenüber der Stadt beginnt die Eifel. Zurlauben und der größte Teil der Stadt befinden sich auf der Hunsrück-Seite. Früher einmal hatte es hier einen Fischer gegeben, „Seiler Jupp" genannt, der die Leute mit seinem Nachen ans andere Ufer brachte. Er war der letzte Trierer Fährmeister und Lebensrettungsmedaillenträger. Er lebte von 1872–1941.

Bei einer der Lauben blieben die Polizisten stehen und lauschten der Erzählung eines jungen

Mannes, die er vor einer Gruppe Touristen zum Besten gab:

„Als es den Damm noch nicht gab, über den heute die breite Uferstraße führt und der die Stadt vor Hochwasser schützt, wurde regelmäßig im Frühjahr und im Herbst alles hier bis zum Maarviertel überschwemmt. Das Maarviertel, ebenso wie Zurlauben ein altes Fischerviertel, ist das Stadtviertel rund um die Martinskirche. Immer wieder war ‚Land unter'. Es fuhren dann die Nachen, Boote, die mit langen Stangen ‚gestakt' wurden, von Haus zu Haus.

Was für die Erwachsenen eine Plage war, war für die Kinder spannend und lustig.

Der Trierer Mundartdichter Hans Becker, der im Maarviertel geboren worden war, hat hierüber ein Lied auf Trierer Platt komponiert und ihm den Titel ‚Im Maor' gegeben".

Der junge Mann griff seine Gitarre und begann zu singen:

Eich waaß noch gut, als klane Quast
wie mir me'm Naochen seij gefaohr.
Doch waor et gaornet ob d'r Musel,
dä Naochen ess gefaohr dorch'd Maor.

**Die Gässjer om de Martinskörch,
dat waor e klaan Venedisch.
De Leit hann Daach on Naocht gebet
oh Herrgott, sei ons gnädisch.**

**Ons Kenner hat datt Spaaß gemaach,
wenn d'n Onkel kaom me'm Naochen.
On hat ons bei de Tant gefaohr,
die ganz Beckers allegaoren.**

**Hei gaof geschneßt on och gesong,
alles en där klaner Küsch.
Die Aalen hann de Viez gedronk,
daobei verzehlt manch klaor Geschicht.**

**Mir Kenner hann em Gang gespillt,
Bizie, Bizie ess verborgjen,
on en Hand voll Kesten krieht;
weggeblaos waoren all Sorjen.**

**Ess datt Waasser da gefall,
waor widder Fruhsinn iweraal.
Em Maor goof't nie e Lamedeeren.
Behaalt datt Völkchen ruisch en Ehren.**

Übersetzung:
Ich weiß noch gut, als kleiner Junge,
wie wir mit dem Nachen gefahren sind.
Doch war es nicht auf der Mosel,
der Nachen ist durch das Maarviertel gefahren.

Die Gassen um die Martinskirche,
das war ein kleines Venedig.
Die Leute haben Tag und Nacht gebetet
oh Herrgott, sei uns gnädig.

Uns Kindern hat das Spaß gemacht,
wenn der Onkel mit dem Nachen kam.
Und uns zur Tante gefahren hat,
die ganze Familie Becker allesamt.

Hier wurde geredet und gesungen,
alles in der kleinen Küche.
Die Alten haben den Viez getrunken
und dabei manch lustige Geschichte erzählt.

Wir Kinder haben im Gang gespielt,
Bizie, Bizie ist verborgen,
und eine Hand voll Kesten bekommen;
wie weggeblasen waren dann alle Sorgen.

Ist das Wasser dann gefallen,
war wieder Frohsinn überall.
Im Maar gab es kein Lamentieren.
Behaltet das Völkchen ruhig in Ehren.

Lotte und Rudi zeigten in den Lauben und Gastwirtschaften das Bild der Gesuchten herum, hatten aber keinen Erfolg. Niemand hatte die zwei jungen Männer gesehen oder kannte sie. Die beiden gingen weiter, verließen Zurlauben, überquerten die stark befahrene Uferstraße und gingen weiter in die Lindenstraße. Am Ende der Lindenstraße überquerten sie die Nordallee und gingen weiter die Bruchhausenstraße entlang, bis sie am Pferdemarkt angelangt waren. Hier setzten sie sich auf die Terrasse eines Lokals, das früher „Blaues Blut“ hieß, um zu verschnaufen.

Sie ließen sich von der Bedienung zwei Tassen Kaffee bringen.

„Sag mal, Rudi, wie kamst du eigentlich auf die blödsinnige Idee, solch einen Aprilscherz mit Freddy zu machen? Bist du denn von allen guten Geistern verlassen?“

„Ja, ich weiß, das war wirklich eine Nummer zu hart, ich habe mich auch entschuldigt bei dem Herrn Hauptkommissar“, sagte Rudi, der sonst alles andere als schüchtern war, kleinlaut.

„Du kannst froh sein, so einen toleranten Chef zu haben. Jeder andere hätte gesagt: Das war’s.“

„Ich weiß, ich weiß“, entgegnete Rudi.

Die Terrasse war bei diesem schönen Wetter voll besetzt. Sie hatten Glück, überhaupt noch einen Platz bekommen zu haben.

Rudi ging zwischen den Tischen herum und zeigte den dort sitzenden Gästen das Bild. Doch keiner konnte irgendeine Auskunft zu den Verdächtigen geben. Niemand kannte sie.

Nachdem sie ihren Kaffee ausgetrunken hatten, gingen die Polizisten durch die Treviris-Passage, durchquerten den Rautenstrauch-Park und gelangten, an der Sektkellerei Massard vorbei, in die Dietrichstraße.

„Ach, hier beim Schuster Platz muss ich noch meine Schuhe abholen. Eine kleine, alteingesessene Schuhmacherwerkstatt. Die gibt es schon, seit ich denken kann“, sagte Rudi.

„Dann kann sie ja noch nicht lange da stehen!“, antwortete Lotte scherzhaft.

„Sie meinen?“

„Schon gut, Rudi, wie alt bist du, 17, 18?“

„Ich habe heute Geburtstag und bin 18 geworden. Dafür durfte ich ja auch mit.“

„Dann aber herzlichen Glückwunsch, mein lieber Rudi, und dann hast du dir diesen Tag ausgesucht.“

„Ich bin froh, dass ich hier dabei sein kann. Das ist mein größtes Geburtstagsgeschenk. Vielleicht schnappen wir uns die Dreckskerle ja noch.“

„Hoffentlich“, sagte Lotte, „allerdings glaub ich nicht so recht daran, dass wir sie heute hier noch finden. Das ist wie die Suche nach einer Nähnadel im Heuhaufen.“

Alfonso Sobrano stand vor dem ehemaligen Offizierskasino am Kornmarkt.

„Schön haben sie das hergerichtet als Restaurant“, dachte er, und weiter:

„Der ganze Kornmarkt wurde neu gestaltet und schön angelegt, das muss man wohl sagen. Leider haben sie das in Trier nicht überall so gut hingekriegt.“

Neben dem früheren Kasino war eine Buchhandlung. Im Eingangsbereich standen zahlreiche Büchertische, in deren Auslagen Alfonso sich jetzt wie ein interessierter Kunde umschaute.

Er nahm ein Buch über Meerschweinchen zur Hand und gab vor, ganz vertieft darin zu blättern.

Dennoch fiel seinem geübten Auge ein Mann auf. Das war doch ... er traute seinen Augen nicht. Der Mann konnte einer der Gesuchten sein.

Nur die Haarfarbe stimmte nicht. Alfonso ging so nah wie möglich an den Mann heran, ohne bemerkt zu werden. „Er muss es sein!“, dachte er. „Ich hab mir das Phantombild so gut eingeprägt ... er muss es sein. Wo bleibt denn der Fritz? Ich muss ihn anrufen.“

Alfonso ging tiefer in die Buchhandlung hinein und telefonierte mit Fritz, ohne dabei den Mann aus den Augen zu verlieren.

„Ich bin’s, Alfonso, wo bleibst du? Ich hab einen von den Typen entdeckt und ich glaub, ich irr mich nicht.“

„Ich beeile mich, das ist ja toll, verlier ihn ja nicht aus den Augen.“

„Er geht los. Ich muss hinterher, ich bin jetzt am Kornmarkt-Brunnen. Er biegt nach links ab in die Fleischstraße und geht in Richtung Heuschreckbrunnen. Beeil dich! Alleine darf ich nichts unternehmen. Und verständige die anderen.“

Der Beamte verfolgte unauffällig den Verdächtigten.

Der Mann blieb kurz zögernd vor einem Juweliergeschäft stehen und ging dann hinein. Nicht lange darauf verließ er das Geschäft wieder. Im Hinausgehen steckte er ein kleines, hübsch verpacktes Schächtelchen in seine linke Anzugtasche und schlenderte weiter in Richtung Heuschreckbrunnen, vorbei an einem Musikhaus und dem Sträßchen Jakobsspitälchen, das von rechts in die Fleischstraße mündete.

„Verdammt, wo bleibst du, Fritz?“

Die meisten Beamten waren benachrichtigt, und diejenigen, die sich am nächsten zum Zielort befanden, bewegten sich jetzt in Richtung Heuschreckbrunnen.

Felix und Freddy befanden sich zu der Zeit in der Jüdemerstraße.

Alfonso verfolgte den Mann weiter. Er blieb am Heuschreckbrunnen stehen und drehte sich eine Zigarette.

„Was macht der Typ denn da an dem alten, verfallenen Haus?“, dachte er.

Rechts neben dem ehemaligen Korbgeschäft

Regnery, an der Einmündung in die Nagelstraße, stand ein wunderschönes, leider stark vernachlässigtes, mittelalterlich wirkendes, schmales Haus, das unbedingt renoviert werden müsste. „Es ist eine Schande, das Haus so verfallen zu lassen. Das könnte man sicherlich toll herrichten“, überlegte Alfonso.

Der Mann stand noch immer vor dem Haus. Jetzt drehte er sich in Alfonsos Richtung um und schaute zu ihm herüber. Alfonso glaubte, ein süffisantes Grinsen über das Gesicht des Mannes wischen zu sehen.

„Er wird mich doch hoffentlich nicht bemerkt haben!“, fragte sich Alfonso noch.

Dann, im Moment eines Augenzwinkerns, war der Mann plötzlich verschwunden.

Es gab nur eine Möglichkeit: Er musste in das Haus hineingegangen sein.

„Das ist gut“, dachte Alfonso, „solange er dort drin ist, kann er uns nicht entkommen.“

Da kam auch schon Fritz angelaufen.

Völlig außer Atem stammelte er: „Da bin ich, alle sind alarmiert und sind auf dem Weg hierher. Wo ist der Mann?“

„Da in dem Haus“, sagte Alfonso und zeigte in die Richtung, in die der Mann verschwunden war.

Jetzt kamen auch Felix und Freddy die Nagelstraße heruntergelaufen. Zwei weitere Beamte kamen aus der Johannisstraße.

Ein Beamter und eine Beamtin, die eben noch in der Neustraße, Ecke Viehmarkt, vor dem Reisebüro Grenzenlos gestanden und sich über ihre Urlaubsplanung unterhalten hatten, als sie zum neuen Einsatzort gerufen worden waren, liefen jetzt eilends über den Viehmarkt Richtung Heuschreckbrunnen. Über die Luxemburger Straße, vom Trierer Stadtteil Zewen her kommend, rasten drei Polizeiautos mit Blaulicht am Fliesenfachgeschäft Scholtes vorbei Richtung Innenstadt.

Nach und nach waren die meisten Kollegen bei dem Haus am Heuschreckbrunnen angekommen.

„Dann lasst uns mal das Haus stürmen. Seid ihr alle bereit?“

Sie stürmten das Gebäude.

Doch das baufällige Haus war leer.

„Das kann doch nicht wahr sein!“, schrie Alfonso, „ich hab genau gesehen, wie er hier hineingegangen ist und nicht mehr herauskam.“

„Hier, hier ist eine kleine Tür. Sie ist nicht abgeschlossen“, sagte Fritz.

Sie öffneten die Tür. Sie führte in einen Keller, in einen Gewölbekeller mit vielen Gängen.

„Wir dürfen keine Zeit verlieren. Jeweils zwei Personen nehmen sich einen Gang vor. Eure Waffen habt ihr bereit? Gut, ich verständige die anderen. Ganz Trier ist mit unzähligen Gängen unterkellert. Wir müssen versuchen, möglichst alle Ausgänge zu überwachen. Los, auf geht's!", gab Freddy Anweisung.

Sie verteilten sich in den Gängen und eilten, nach allen Seiten sichernd, los.

Weber und Helga befanden sich in einem besonders dunklen, engen Gang. Nur Weber hatte eine Taschenlampe. Es hatte keiner damit gerechnet, dass es eine Verfolgung im Untergrund geben würde.

„Ich höre leise Schritte", flüsterte Helga", ganz da hinten bewegt sich was, siehst du?"

„Los, hinterher, den kriegen wir!", erwiderte Weber ebenso leise.

Sie rannten los.

„Halt, Polizei! Stehen bleiben, oder wir schießen", rief Weber.

Keine Antwort. Die Schritte entfernten sich schnell immer weiter.

Die Beamten legten auch an Tempo zu. Lotte gab einen Warnschuss ab, der explosionsartig die Stille zerriss.

Nichts. Der Gang lag jetzt in unheimlicher Stille vor ihnen.

Sie pirschten sich weiter vor.

Plötzlich stolperte Weber und stürzte zu

Boden. Die Taschenlampe fiel ihm aus der Hand und ging aus, und die beiden standen im Stockfinstern.

„Was ist passiert, hast du dir wehgetan? Ich sehe dich nicht“, sagte Helga.

„Alles klar, ein wenig tut der Fuß weh, ist nicht weiter schlimm. Doch die Taschenlampe finde ich nicht mehr.“

Helga bewegte sich langsam auf eine Nische zu, die sie zuvor noch im Schein der Taschenlampe gesehen hatte. Jetzt glaubte sie etwas gehört zu haben.

Plötzlich griff eine eiskalte Hand an ihren Hals.

Helga schrie auf und versuchte sich aus dem Griff zu befreien.

Da leuchtete die Taschenlampe wieder auf.

„Was war los?“, fragte Weber.

„Eine Hand, eine Hand hat mich gewürgt.“

Aber niemand war zu sehen, alles blieb still.

Mittlerweile kamen, durch den Warnschuss alarmiert, mehrere Beamte herbeigeeilt.

Gemeinsam suchten sie den Gang ab und gingen weiter durch das Gewölbe.

Nichts. Der Kerl war wie vom Erdboden verschluckt.

Alle Beamten, fast 100 an der Zahl, waren auf den Beinen. Zahlreiche durchsuchten die unterirdischen Gänge, der Rest war bemüht, möglichst viele der Ausgänge zu beobachten. Stundenlang ging die Suche weiter, doch leider ohne jeglichen Erfolg. Der Mann blieb spurlos verschwunden.

Im Palastgarten war die Dämmerung hereingebrochen. Alles schien ruhig und friedlich, als plötzlich zwei Gestalten aus dem Gebüsch schlichen und sich einer Parkbank näherten, auf der ein Obdachloser sich sein Nachtlager bereitet hatte. Der auf der Bank liegende Mann schien, dem Schnarchen nach zu urteilen, tief und fest zu schlafen. Die beiden Gestalten waren jetzt an der Bank angekommen, und gerade als sich einer über den Mann gebeugt hatte, ergriff ihn von hinten eine Hand. Im gleichen Moment sprang der vermeintlich Schlafende blitzschnell auf. „Polizei, leisten Sie keinen Widerstand, Sie sind verhaftet.“

Total verwirrt und völlig erschrocken ergaben sich die Übeltäter.

Sie wurden in Handschellen abgeführt und zum Polizeipräsidium gebracht.

Beim Verhör stellte sich heraus, dass die beiden jungen Männer, beide erst 17 Jahre alt, sich nur einen üblen Scherz hatten erlauben wollen, nachdem sie sich vorher mit reichlich Alkohol Mut angetrunken hatten.

Mittlerweile war es tiefe Nacht und die Beamten alle fix und fertig.

Die Suche wurde um 2.00 Uhr in der Früh abgebrochen.

„Meine Herrschaften, ich danke Ihnen allen

für Ihren hervorragenden Einsatz. Leider war er trotzdem ohne Erfolg. Für heute ist Schluss. Die Einsatzleute treffen sich morgen, das heißt heute, am Sonntag, um 9.00 Uhr im Besprechungsraum des Präsidiums.

Ich selbst werde nicht anwesend sein können. Oberkommissar Sobrano und Kommissar Sonnenschein werden mich vertreten. Nun wünsche ich euch allen eine gute Nacht, und nochmals vielen Dank.“

Mit diesen Worten verabschiedete sich Freddy von seinen Kollegen. Er wandte sich noch einmal an Felix. „Lieber Felix, ich muss los, schnell noch ein paar Stunden schlafen und dann muss ich zu diesem verdammten Adligen-Treffen. Wir bleiben in Verbindung. Mach’s gut und gute Nacht.“

Diese Nacht war für die meisten Kollegen sehr kurz.

Freddy saß allein in seinem Auto und fuhr auf der Bitburger Straße in Richtung Aachen aus Trier hinaus.

Seine Verlobte hatte nicht mitkommen wollen. Sie hatte Migräne, behauptete sie.

Was er ihr nicht abnahm. Wahrscheinlich hatte sie genau so wenig Lust wie er, zu diesem Treffen zu fahren, aber er musste halt.

„Adel verpflichtet. Dass ich nicht lache! Ich mag diese Menschen mit ihrem falschen, bornierten Getue nicht!“, hatte sie ihm beim letzten Mal gesagt, nachdem sie das Treffen verlassen hatten. „Recht hat sie. Jetzt muss ich mir das Ganze auch noch allein antun. Oh mein Gott, was hab ich nur verbrochen!“

Als Freddy in das kleine Städtchen Monschau in der Nordeifel einfuhr, musste er erst einmal anhalten und einige Zeit für sich alleine haben. Er parkte und ging in eine der gemütlichen

Kneipen, die es hier gab. Es handelte sich um ein altes Fachwerkhaus, das innen schön und urig eingerichtet war. Er bestellte sich einen alkoholfreien Radler.

Zum Glück hatte er eine Raucherkneipe erwischt und jetzt gönnte er sich erst mal eine Zigarette. Freddy rauchte sehr wenig. Höchstens ein bis zwei Zigaretten am Tag, und außerdem selbst gedrehte.

Und er war stolz darauf, dass er das immerhin schon seit zwei Jahren so durchhalten konnte. Früher hatte er wesentlich mehr geraucht.

Die Kneipe wurde langsam immer voller. Kein Wunder. Es war Sonntagmorgen und jetzt kamen die, die im Hochamt gewesen waren, zu ihrem sonntäglichen Frühschoppen.

Für ihn wurde es nun auch Zeit. Zum Aperitif wollte er bei seiner Verwandtschaft sein. Es war jetzt schon 11.30 Uhr. Freddy bezahlte und verließ die Gaststätte.

Jetzt war es nicht mehr weit. Auf sein Navigationsgerät konnte er sich Gott sei Dank verlassen.

Der Anblick des prachtvollen Anwesens verschlug ihm die Sprache.

Diese Treffen fanden immer in anderen Örtlichkeiten bei anderen Angehörigen des „Clans“ statt.

Hier, an diesem Ort, war er noch nie vorher gewesen.

Er musste sein Auto nicht selbst einparken, das nahm ihm ein Bediensteter ab.

Ein Butler führte ihn in den Empfangssaal.

„Ah, der Herr von Greifenklau. Ich bin hocherfreut, dass Ihr gekommen seid; wo habt Ihr Eure bezaubernde Gattin gelassen?“, empfing ihn der Hausherr, Baron Christian von Waffelstein.

„Danke für die herzliche Begrüßung. Meine Verlobte hat leider Migräne und lässt sich entschuldigen. Sie wäre natürlich so gerne mitgekommen.“

„Oh, das tut mir aber leid.“

„Mein lieber Herr von Greifenschlau!“, wurde Freddy von Kriminaldirektor Helfenstein begrüßt. „Schön, dass Sie gekommen sind. Wo haben Sie denn Ihre Gattin gelassen? Sie kennen meinen besten Mann, Herr Baron? Jawohl, der Herr von Greifenschlau ist wahrlich der beste von allen.“

„Natürlich kenne ich Herrn von Greifenklau, lieber Herr Kriminaldirektor."

Die Gastgeberin wandte sich an ihren Gatten:

„Mein Lieber, wie ich sehe, dürften jetzt alle anwesend sein. Dann wird es Zeit für den Aperitif."

Freddy schlenderte mit seinem Aperitif in der Hand durch die Schar der Gäste und konnte so zufällig ein Gespräch zwischen der Hausherrin und einer ihrer Freudinnen mit anhören.

„Was haben Sie da für eine schöne Brosche, meine liebste Christine?"

„Oh, die hat mir mein Neffe heute Morgen ganz unverhofft geschenkt. Ich war so verblüfft. Er sagte: Liebe Tante, du warst all die Zeit so gut zu mir und ich danke euch, dir und dem Onkel, dass ihr mich nach dem Tod meiner Eltern aufgenommen habt."

„Wie reizend von dem jungen Mann. Wie schön die Brosche ist! Darf ich mal sehen, ich kenne mich mit Schmuck aus. Wirklich ein kostbares Teil. Mit hoher Wahrscheinlichkeit in Trier bei einem Goldschmied in der Fleischstraße angefertigt."

Jetzt wurde Freddy hellhörig. War der

Verdächtige nicht gestern aus einem Juweliergeschäft genau in der Fleischstraße gekommen?

„Wie sind denn seine Eltern ums Leben gekommen, wenn ich fragen darf?“, wollte die Freundin wissen.

„Das war eine ganz schlimme Sache damals. Franz-Josef war gerade 15 Jahre alt. Seine Eltern kamen von einem Konzert, als sie auf der Landstraße frontal gegen ein Fahrzeug prallten, das ihnen auf ihrer Seite entgegenkam. Die zwei waren auf der Stelle tot. Bei dem Fahrer des anderen Fahrzeugs handelte es sich um einen Obdachlosen, der in alkoholisiertem Zustand ein Fahrzeug gestohlen hatte und einfach damit losgefahren war. Der Obdachlose überlebte. Das ist jetzt auch schon 12 Jahre her.“

„Tragische Sache, sehr tragisch.“

„Wo ist denn Ihr Neffe heute, liebe Frau Baronin?“, schaltete sich jetzt Freddy ein. „Ich würde ihn gerne kennenlernen. Er ist ja nie bei den Treffen dabei.“

„Obwohl er das könnte, schließlich ist er ja auch ein von Waffelstein. Sein Vater war der Bruder meines Mannes Christian. Aber ihm liegt nichts an unseren Treffen. Er verkriecht sich lieber mit seinem Freund in unserem Keller. Da bauen sie an irgendwelchen Flugobjekten herum, anstatt zu studieren."

„Flugobjekte? Drohnen?", fragte Freddy. „Das ist ja mein Lieblingsfach."

„Ja, so heißen sie, glaub ich. Ich kenne mich mit der Technik nicht so aus."

„Und er studiert noch, sagten Sie? Mittlerweile müsste er nach meiner Rechnung siebenundzwanzig sein."

„Ja, er studiert Jura. Und sie lassen sich ewig Zeit, er und sein Freund. Kein Wunder, immer hängen sie im Keller herum und sind am Basteln. Und gestört werden wollen sie auch nicht. Und morgen wollen sie auch noch für ein paar Tage verreisen. Die Koffer sind schon gepackt."

„Wie gesagt", entgegnete Freddy, „ich bin ein begeisterter Drohnenfreund. Ich hab selbst zwei Stück zuhause. Damit mache ich immer schöne Landschaftsaufnahmen. Dürfte ich mir mal den Keller ansehen? Ist Ihr Neffe denn jetzt da?"

„Nein, er ist noch mal außer Haus gegangen und wollte im späten Nachmittag wiederkommen. Aber ich zeig Ihnen gerne den Keller. Besser jetzt, denn wenn er da ist, weiß ich nicht, ob er das genehmigt."

„Das ist aber sehr nett von Ihnen."

„Aber ich bitte Sie, Herr von Greifenklau, wenn nicht Ihnen, wem sonst!", antwortete Frau von Waffelstein und zwinkerte Freddy zu.

Sie stiegen die Treppe hinunter in den Keller. Die Tür war unverschlossen. Sie betraten einen Raum von beträchtlicher Größe. Links im Raum befand sich eine Sitzecke. Daneben stand ein Kühlschrank. Ein riesengroßer Flachbildschirm-Fernseher und ein Schrank komplettierten die wohnzimmerartige Ecke. Ansonsten standen überall riesige Regale, bestückt mit Drohnen, Modellflugzeugen und -booten und Ersatzteilen.

Freddy war erstaunt und beeindruckt und bewunderte die ausgestellten Objekte.

„Junge, Junge, wie toll", begeisterte sich Freddy.

An der Wand hingen einige Bilder und Fotografien von Drohnen in allen möglichen Varianten. Freddy hielt inne.

Keine Frage, auf einem dieser Bilder waren die beiden Verdächtigen zu sehen.

„Ist das hier Ihr Neffe, Frau Baronin?"

„Ja, das ist er. Er und sein Freund Bernhard."

Freddy ging an den Regalen entlang und betrachtete die Drohnen. Manche waren so umgebaut worden, dass man sie gar nicht mehr als Drohne erkennen konnte.

Aber halt! Was war denn das? Er glaubte seinen Augen nicht zu trauen.

Vor ihm stand in einem der Regale eine ausgestopfte Krähe oder ein Rabe oder etwa???

Tatsächlich. Da stand eine Drohne, die in eine Krähe eingebaut worden war. „Ich werde verrückt!“, dachte Freddy. „Das ist die Krähe ... unsere Krähe!“

In diesem Moment meldete sich sein Handy.

„Entschuldigen Sie bitte, Frau Baronin“, sagte Freddy, nahm das Gespräch an und entfernte sich ein Stück von der Frau.

Eine aufgeregte Stimme meldete sich: „Ich bin’s! Felix! Wir haben einiges über die Verdächtigen herausgefunden. Die beiden besagten Herren studieren Jura an der Uni in Trier. Der eine heißt ...“

Freddy unterbrach ihn: „Franz-Josef von Waffelstein.“

„Was? Woher weißt du das, Chef?“

„Ich bin in seinem Haus."

„Ich fass es nicht", sagte Felix.

„Es sind die von uns Gesuchten, da gibt es keine Zweifel mehr. Besorg auf der Stelle den Haftbefehl und ..."

„Hab ich schon", sagte Felix.

„Gut, ihr kommt sofort hierher zum Schloss derer von Waffelstein, Nähe Monschau. Die genaue Adresse habt ihr ja. Die beiden sind zurzeit nicht im Hause, wollen aber am späten Nachmittag wieder zurück sein. Die Zeit wird uns reichen. Die Verdächtigen haben vor zu türmen, die Koffer sind schon gepackt. Wenn ihr angekommen seid, meldet euch aus sicherer Entfernung bei mir. Niemand darf euch bemerken und Verdacht schöpfen. Der Kriminaldirektor wird auch noch nichts erfahren. Am Ende vermasselt der uns noch alles. Sobald die Jungs hier sind, sag ich euch Bescheid. Und dann greift ihr ein."

„So, da bin ich wieder", sagte Freddy zu der Baronin.

„Wirklich sehr interessant, diese Sammlung Ihres Neffen. Vielleicht hab ich ja noch das Vergnügen, mich mit ihm zu unterhalten."

„Bestimmt, lieber Herr Freddy. Sollen wir noch hier einen Drink zu uns nehmen? Der Kühlschrank ist immer gefüllt.“

„Gerne später, liebe Frau Baronin, ich denke, wir müssen uns oben mal wieder blicken lassen. Vielen Dank für die Führung.“

„Ich bitte Sie! Das ist doch gern geschehen.“

Sie gingen die Treppe hinauf und begaben sich wieder in den Empfangssaal.

Es wurden jetzt Häppchen gereicht. Die feinsten und schmackhaftesten, die man sich vorstellen kann. Nur vom reinen Hinsehen lief Freddy schon das Wasser im Munde zusammen.

Baron und Baronin hatten sich wirklich nicht lumpen lassen. Ein Quartett in barocker Gewandung spielte Musik von Mozart. Zart und dezent. Champagner und beste Weine wurden gereicht.

Freddy schaute sich unauffällig um. Ihm entging nichts.

Gegen 15.30 Uhr erschienen im Garten zwei junge Männer. Sie setzten sich an einen der Gartentische in einer Laube.

„Wir müssen schleunigst verschwinden, wir

werden überall gesucht“, sagte Bernhard, „was musstest du denn auch noch in die Stadt, diese Brosche kaufen?“

„Das war ich meiner Tante schuldig“, antwortete Franz-Josef.

„Hast du ein Glück, dass du dich im Untergrund von Trier so gut auskennst.“

„Auskennst? Ich bin der Beste! Ich kenn den Untergrund besser als jeder andere. Mein Großvater, Albert von Waffelstein, hat mir alles gezeigt. Und das Ganze zusätzlich auf Plänen. Es gibt einen Ausgang aus dem Gewölbe, den nur ich kenne. Dieser Ausgang befindet sich im Keller eines Hauses in der Moltkestraße. Da konnten die lange nach mir suchen. Aber es war trotzdem eine heikle Angelegenheit.

Leider ist mein Großvater allzu früh verstorben. Er hätte mir bestimmt noch das ein oder andere Geheimnis verraten können.“

„Wir können gleich los. Den Wagen hab ich hinter dem Gebüsch an der alten Linde geparkt. Es ist alles vorbereitet. Hol die Koffer. Wir verabschieden uns auch nicht mehr. Heute Abend sitzen wir bei Sonnenuntergang unter den Palmen von ...“

Weiter kam er nicht mehr.

„Heute Abend sitzen Sie bei Sonnenuntergang hinter schwedischen Gardinen, meine Herren, ich verhafte Sie wegen dreifachen Mordes. Alles Weitere wird Ihnen Kommissar von Greifenklau erzählen. Männer, abführen!“, befahl Felix.

„Lieber Herr von Greifenklau, ich bin höchst zufrieden. Diesen Fall haben Sie sehr gut gelöst. Ich hab es ja gleich geahnt, aber gut. Gut gemacht. Sie haben nicht nur die Mörder erwischt, nein, nebenbei haben Sie dann auch noch die Übeltäter des illegalen Straßenrennens auffliegen lassen. Alle Achtung, Greifenklau, Hut ab!“, tönte Kriminaldirektor Helfenstein.

„Ohne die Hilfe meiner Männer, insbesondere Kommissar Sonnenscheins, wäre es nicht gegangen.“

„Ich weiß, ich weiß, nur keine Bescheidenheit. Ich hab Ihnen ja gesagt, Sie haben noch etwas gut bei mir. Ich werde dafür sorgen, dass Sie mein Nachfolger werden.“

„Ich hab noch etwas gut, sehr richtig, aber ich würde gerne entscheiden, was das sein soll. Ich bin nicht an einer Beförderung interessiert. Ich würde Sie lieber um einen ganz anderen Gefallen bitten. Ich weiß, Sie haben gute Beziehungen und ich weiß auch, dass Sie Polizeipräsident werden könnten, aber das wollen Sie nicht. Ich bitte Sie, Ihre Beziehungen spielen zu lassen, um den Obdachlosen und den Straßenmusikanten zu helfen. Diesen Menschen, denen es schon schlecht genug in dieser Gesellschaft geht. Sie sollten nicht noch Schikanen von Seiten der Behörden ausgesetzt sein. Dass Straßenkünstler, die mit ihrer Arbeit nicht nur versuchen, ihren Lebensunterhalt zu verdienen, sondern auch die Gäste und Kunden in der Fußgängerzone mit ihrer Kunst unterhalten und erfreuen, in Trier eine Gebühr bezahlen müssen, um überhaupt spielen zu dürfen, ist ein Hohn. Straßenmusik ist eine Bereicherung für die Stadt und den Tourismus. Helfen Sie diesen Menschen, Herr Direktor."

„Sie haben Ideen, lieber Freddy, aber ich werde mein Möglichstes tun, das verspreche ich Ihnen. Was steht sonst so an?"

„Meine lieben Kollegen, ich möchte mich bei euch allen bedanken für die Aufklärung dieses Falles, der uns ausnahmslos ganz schön mitgenommen hat und bei dessen Aufklärung alle effizient zusammengearbeitet haben. Ich lade die gesamte Mannschaft zu einer Gartenparty am kommenden Samstag bei uns ein. Meine Josefine freut sich schon sehr auf euch alle und ich natürlich auch.“

Herrlich beschwingte Musik hallte aus dem Garten der von Greifenklaus.

Es spielten auf: die Straßenmusikkanten Jean, der Franzose, Achmed, der Kurde und Rouven mit seinem Hund Astor, die Freddy eigens für diesen Abend engagiert hatte. Auch Kalle Wirsch war mit seiner Gitarre dabei.

„Kennste den: Da bestellt jemand in der Gaststätte Pfannkuchen mit ...“, sagte Ernie. „Lass mal gut sein, Ernie. Hier, nimm mal ’nen guten Schluck.“ Freddy drückte Ernie ein Bier in die Hand.

Es war ein wunderschöner Abend. Alle Anwesenden waren vergnügt. Die Feier ging bis tief in die Nacht hinein. Alle hatten am nächsten Tag frei. Der Direktor war auch geladen, konnte aber Gott sei Dank nicht kommen.

Gegen 20.00 Uhr fuhr ein Streifenwagen durch die Südallee. In Höhe einer bestimmten

Gruppe von Parkbänken hielt er an. Zwei Beamte stiegen aus, öffneten den Kofferraum und nahmen jeweils eine Kiste Bier heraus.

„Hier, für euch, mit den besten Grüßen vom Hauptkommissar Freddy, schönen Abend noch, aber bitte nicht zu laut.“

DARSTELLER:

Hauptkommissar Ferdinand von Greifenklau, genannt Freddy
Josefine, Verlobte von Ferdinand
Kommissar Felix Sonnenschein
Kriminaldirektor Oswald Helfenstein
Elisabeth, geborene von Kieselstreb, Gattin von Kriminaldirektor Helfenstein
Kommissar Jürgen Bonert
Oberkommissar Alfonso Sobrano
Kommissarin Helga Schwiers
Kommissarin Lotte Meier
Polizeisekretär Friedrich Rock
Polizeihauptmeister Karl-Heinz Weber
Polizeihauptmeister Martin Wagner
Rudi, der Azubi
Polizeihauptwachtmeister Knebele
Frau Doktor Dorothee Hasenfuß

Ernie, der Koch der Kantine
Raimund Wirsch, genannt Kalle Wirsch, das rote Wiesel
Franz-Josef, Neffe von Baron von Waffelstein
Bernhard, sein Freund
Christian Baron von Waffelstein

Christine von Waffelstein aus dem Hause derer von de l'Auberge, seine Gattin
Eddie, der Wirt der Kneipe im Gartenfeld
Trina, die Bedienung

Die Stadtstreicher:
Olaf, der Ostfriese
Spinnenbein
Bernd
Willi
Schlangenede
Locke
Franky
Der Lange
Ursus

Musikanten:
Jean, der Franzose
Achmed, der Kurde
Rouven mit Hund Astor

Die Heidweilers
Spielleute und
Volkssänger
Jan Rolph von Heidweiler
und
Helene von Holzerode

Meine

BURG

Villa Kunterbunt

7 auf einen Streich
MUSIK
MAGIE
SPASS

REICHSBURG
COCHEM

TOD IM MEULENWALD

von Helene von Holzerode und Jan Rolph von Heidweiler

Eine unheimliche Stille lag über dem Kaiserhammer Weiher. Nebelschwaden zogen durch den Meulenwald. Hannes bewegte sich lautlos durch das hohe Laub. Er war als leidenschaftlicher Pilzsammler früh unterwegs.

Wie jeden Herbst kam er aus der Stadt im Norden, wohin ihn seine Arbeit verschlagen hatte, für zwei Wochen nach Hause, um seinen Eltern auf dem Hof zu helfen. Wie jeden Herbst stand auch jetzt wieder das Schlachten an und da war jede helfende Hand willkommen.

Aber als Erstes führte ihn sein Weg am ersten Morgen immer in den Meulenwald.

Der Meulenwald, auch Mühlenwald genannt, ist ein hoher Buntsandstein-Höhenzug im Südteil der Eifel und bei Wanderern wie auch bei Pilzsuchern sehr beliebt.

All die Geschichten und Sagen, die sich um den Meulenwald ranken, konnten ihm keine Angst einjagen. Er war einer von „hier“.

Im Meulenwald, so wird erzählt, soll sogar Varus, der römische Feldherr, gekämpft haben.

Und es gibt die unheimliche Geschichte eines dreibeinigen Hasen, der immer mal wieder gesehen wird und vor dem sie als Kinder furchtbare Angst hatten, wenn sie im Wald spielten. Oft war eine gehörige Portion Grusel im Spiel, da sie sich ständig neue wilde Geschichten ausdachten, um voreinander großzutun.

Heute hatte Hannes jedoch noch niemanden gesehen, und ein gelegentliches Knacken und Rascheln im Unterholz erschreckte ihn nicht. Die Tiere des Waldes und ihre Geräusche kannte er.

Suchend ließ er den Blick über den Waldboden schweifen und dachte dabei an den kommenden Abend und an seine Freundin Marie. In drei Monaten würden sie heiraten. Dann wäre dieses ständige Hin und Her ihrer Fernbeziehung zu Ende.

Heute Abend wollte er für sie eine leckere Pilzpfanne zubereiten, danach wollten sie Pläne für ihre Hochzeitsreise schmieden.

Die ersten Strahlen der Morgensonne stachen wie Speere durch das sich schon lichtende Laub der Bäume und malten goldene Tupfer auf den Waldboden.

Hannes ließ wieder den Blick aufmerksam über den Boden gleiten, und nun bückte er sich, um einen schönen Pilz abzuschneiden. Ein wahres Prachtexemplar hatte er da vor sich. Vorsichtig legte er ihn zu den anderen Pilzen in seinen Pilzbeutel. Ganz vertieft in sein Suchen, sah er aus dem Augenwinkel an der Wurzel einer alten Eiche, die auch schon von den ersten Sonnenstrahlen beschienen wurde, etwas blinken. Neugierig trat er näher und beugte sich zum Fuß des Baumes hinunter. In einem tiefen Spalt, der etwa zehn Zentimeter über dem Boden begann und sich dann ungefähr einen halben Meter in das Erdreich fortsetzte, steckte etwas.

Hannes ging noch näher und sah, dass dort eine Aktentasche versteckt war. Er ging in die Hocke und griff nach der Tasche, zog sie vorsichtig hervor und betrachtete sie von allen Seiten. Sie war aus einem dicken, glatten Leder gefertigt und mit einer silberfarbenen Metallschnalle verschlossen. „In der hat sich wohl ein Sonnenstrahl gespiegelt und ich bin auf die Tasche aufmerksam geworden“, dachte Hannes.

Er schaute sich nach allen Seiten um, und nachdem er sich versichert hatte, dass niemand in der Nähe war, ging er langsam und ein wenig unsicher daran, die Tasche zu öffnen. Zunächst sah er nur ein rechteckiges, vielleicht zehn Zentimeter dickes, in eine Plastiktüte eingewickeltes Päckchen, das die ganze Tasche ausfüllte. Er zog das Päckchen ein wenig aus der Tasche heraus und versuchte die Plastikverpackung zu öffnen. Er musste tatsächlich sein Pilzmesser zur Hilfe nehmen und das Plastik an einer Seite aufschneiden.

Er staunte nicht schlecht, als er den Inhalt sehen konnte. Die Tasche war voller Geld! Geldscheine, schön sauber gepackt, in Bündeln mit den Banderolen einer Bank! Wie viel das wohl sein mochte, und vor allem: WIE kam das Geld hierher? Wer hatte das Geld hier versteckt? Hannes schaute sich erschrocken um. Dieses Knacken und Rascheln vorhin; war er vielleicht doch nicht alleine hier?

Plötzlich hörte er Schüsse. Einmal, zweimal.

Er bekam Panik, packte seinen Pilzbeutel und die Aktentasche und lief durch den Wald.

Plötzlich blieb sein Fuß an einer Wurzel hängen. Hannes stolperte und fiel der Länge nach hin. Er rappelte sich wieder auf und wollte weiter, als er sah, dass das, was er für eine Wurzel gehalten hatte, ein Arm war, der seine leblose Hand aus dem Laub reckte, als wolle sie nach Hannes greifen.

Eine Leiche, hier, im Trierer Meulenwald! Angstschweiß lief ihm über das Gesicht. Alles war still, sogar die Geräusche des Waldes waren verstummt. Die plötzliche Stille rauschte in Hannes' Ohren.

Dann wieder Schüsse. Zweimal, dreimal. Und danach Stimmen, leise zwar noch, aber deutlich Stimmen. Und sie kamen in seine Richtung!

Von Panik gehetzt sprang Hannes auf und lief, immer wieder stolpernd, aus dem Wald hinaus in Richtung der Lichtung, wo er sein Fahrrad abgestellt hatte. Bald war er in Sicherheit.

Er lief weiter und erst im Halbschatten am

Rand der Lichtung hielt er an und schaute sich misstrauisch um. Doch er bemerkte nichts Verdächtiges und trat hinaus in die Wärme des Vormittags.

Ein zartes, angenehmes Lüftchen wehte und Hannes genoss die Wärme und das Licht. Entspannt lehnte er sich zurück und hob eine Hand. Kurz darauf trat ein junger Mann mit langen Rasta-Zöpfen und ebenmäßiger hellbrauner Haut zu ihm.

„Geht es Ihnen gut, Señor Hannes? Haben Sie noch einen Wunsch?"

„Trotz der Wärme ist es unglaublich angenehm hier."

„Ja, die Palmen spenden sehr viel Schatten."

„Bringen Sie mir doch bitte noch einen Cocktail und eine deutsche Zeitung."

Kurz darauf kehrt der junge Mann zurück.

„Ihr Cocktail und Ihre Zeitung."

„Danke, Fernando."

„Gerne, Señor Hannes."

„Fernando, ist alles für die Ankunft meiner Verlobten vorbereitet?"

„Ja, Señor, wenn sie morgen eintrifft, wird sie Augen machen."

Angespannt blätterte Hannes suchend die Zeitung durch, bis er auf folgenden Artikel stieß:

TRIER:

„Am vergangenen Mittwoch wurde bei einer Treibjagd im Meulenwald in der Nähe von Trier-Quint eine Leiche gefunden. Bei der Leiche handelt es sich um einen Bankräuber, der zuvor eine Bank in Trier überfallen hat und eine hohe, fünfstellige Summe erbeuten konnte. Der Bankräuber starb eines natürlichen Todes. Er erlitt einen Herzinfarkt. Ein Fremdverschulden ist ausgeschlossen. Von der Beute fehlt jegliche Spur."

Besonderen Dank an:

Ellen und Martin Schreiber, Lippstadt

Iris und Prof. Dr. Hanspeter Gondring

Stuttgart

Oliver Pinzer

Geschäftsführer Reichsburg Cochem

***

Caritasverband Trier e. V.

Für Suchtkranke und Angehörige

Kutzbachstr. 15, 54290 Trier

Tel.: 0049 651 145 395 - 0

Tel.: 0049 651 145395 - 9

www.caritas-region-trier.de

(Foto: Hannah Sauer, Saarbrücken)

Jan Rolph von Heidweiler

Der gebürtige Trierer lebt und arbeitet seit über 20 Jahren in einem kleinen Dorf im Hunsrück. Der freischaffende Künstler und Publizist ist als Musiker überwiegend in der Mittelalter-Szene deutschlandweit und auch im angrenzenden Ausland als Kopf des Gesangsduos „Die Heidweilers“ bekannt. Fünf CD's hat er mit herausgebracht und ein Märchenbuch hat er geschrieben.

In dem Kurzfilm „Gniperdoliga“ von Felix Keilen, hat er die Hauptrolle gespielt. Nachdem er das Drehbuch zu seinem Film „Drei Mörder“ geschrieben, den Film als No-Budget-Projekt realisiert und darin auch eine Hauptrolle gespielt hat, war es ihm persönliches Anliegen und Wunsch, ein Buch zu schreiben, dessen Handlung in seiner Heimatstadt Trier spielt.

Unter Mitarbeit von Helene von Holzerode -

(Foto: Der Autor)